영화는 여행이다

영화는 여행이다

박명순 영화에세이

삶창

차례

영화는 여행이다

박명순 영화에세이

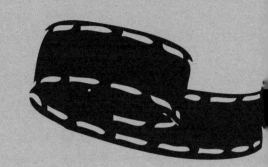

프롤로그

1. 영화는 여행이다

나는 호기심이 많고 변화하는 삶을 추구한다.

그러함에도 삼십 년 직장 생활이 가능했던 건 나의 성향을 다소 바꿀 수 있었기 때문이다. 현재의 나는 규칙적인 생활을 즐기며, 번잡스럽게 떠나는 여행을 좋아하지도 않는다. 독서와 글쓰기만 으로 하루에도 몇 번씩 천국과 지옥을 오르락내리락 곤두박질치는 심경의 흔들림만으로도 삶이 벅찬 여행이라 여기며 살고 있다. 정착민으로 살면서 유목민 흉내를 냈다고 할까. 나는 의욕은 충만하고 몸은 무거운 사람이 되었다.

내가 감당할 수 있는 범위의 효율성을 중시한다는 점에서 나는 합리주의자임에 분명하다. 꼭 짜진 일정에서 나를 위한 시간을 내는 것은 늘 죄스러웠고 도둑질 같았다. 그래서일 것이다. 도서관이라는 공간이 가장 편했고 그곳에서 나의 영혼은 자유롭게 비상하는 착각을 키워나갔다. 적어도 그곳은 직장이나 가정생활에 균열을 일으키지 않으면서 해방과 자유를 꿈꾸는 '나만의 방'을 확실히 보장해 주었다.

나는 엄혹한 시대에 대학 생활을 시작한 81학번이다. 목숨보다 더한 것도 아깝지 않은 시대의 뜨거움에 부닥치며 적지 않은 상처도 받았다. 이데올로기와 사회학적 상상력에 온몸으로 반응하였건만 가장 힘들었던 건 인간관계에서 오는 무력감과 패배감으로 인한 상처였다. 희생을 결단하거나 주동자도 아니었지만 무기정학을 두 번 당했으며, 임용 보류자로 분류되기도 했다. 1987년 6·29가 없었다면 더 오래 발령이 보류되었을지도 모른다. 그 시절을 체험한 나는 영화 〈1987〉에서 생략된 여성 현실의 무게를 이미지 기억으로 채운다.

지금은 거대담론보다 일상의 사소한 변화에 집중하며 나를 돌아보는 것이 좋다. 사계절의 변화나 날마다 달라지는 날씨처럼 수시로 나의 심리를 점검하는 것으로 만족하며 산다. 나 역시 가정사에서 크고 작은 태풍을 만났고 그 해답을 찾기 위해 신과 운명에 의지하였다. 그 과정에서 아름다운 추억들을 많이 잃었다고 여겼으며 그때마다 피해 의식을 전가할 대상이 필요 했는지도 모른다. 원망과 미움이 나를 향하는 공격을 견디기 힘들었다. '길버트 그레이프'처럼 나도 "좋은 사람이 되고 싶었다."

늦게나마 번잡한 세상사에서 나의 역할과 존재의 미미함을 깨달을 수 있다는 건 얼마나 다행인가. 무엇보다 공부의 힘이 절대적이었다. N분의 1의 존재로서 변혁에의 동참이나 인간관계를 풀어나갈 수 있는 기력을 조금은 회복한 셈이다. 나를 주체로 세우면서도 이웃을 이해하고 세계의 흐름을 관조할 수 있는 여유가 생긴 것이다. 인간관계를 키워주고 내가 열망하는 세계를 무한 확장할 수 있는 가능성을 준 것은 문학과 사회과학을 통한 공부의 힘이었으나, 영화의 덕도 적지 않았다. 마르그리트 뒤라스 원작 영화 〈연인L'Amant〉에서는 미성년자와 대부호의 사랑에 합리적 이성으로 가까이하기 어려운 발칙함이 도도히 흐른다. 단언컨대 영화가 아니었다면 나는 이 작품과 이토록 깊이 공감하기는 어려웠을 것이다.

이야기에 빠져드는 순간, 나의 존재는 사라진다. 이야기가 곧 나의 삶이 되는 마술에 매료되어 공중에 분해되어 흩어진다. 만화, 웹툰, 소설, 체험담, 수기, 영화에 흡수되는 속도가 빠르고 그 속에서 헤어 나오지 못한다. 이야기로 만나는 여행 가운데 영화는 그 무엇보다 스펙터클하다. 나는 영화 안팎으로 하염없이 스며든다. 영화 속 인물이 되는 여행을 즐기는 내게 '영화는 여행이다'라는 제목은 지극히 평범하다. 그러나 내 인생에 영화가 없었다면 지금보다 더 삭막하고 경직된 삶을 살았을 것이 틀림없다.

2. 영화를 읽고, 영화와 놀고

나는 영화를 좋아한다.

좋아하는 것과 전문성을 갖추는 것은 전혀 다른 일이다. 나는 좋아하면 응당 책임을 져야 한다고 생각하는 사람이다. 책임이란 끝까지 가는 것이다. 좋아하는 것을 위해 나의 전부는 아닐지언정 일부나마 제공할 준비를 하는 것이다. 하지만 영화 관련 식견이 풍부하지는 못하다. 전공인 문학에 대해 조금은 안다고 자부하지만 영화는 평범한 관객에 불과하다는 점에 위축되는데, 동시에 그 점이 오히려 나를 자유롭게 한다. 전문성을 위해 피땀을 뿌렸던 시와 소설과 달리 영화는 온전하게 나의 즐거움을 위해서였다고 고백할 수 있는 여유로움 때문이다. 영화가 나를 열광케 한다는 고백에는 억눌려왔던 욕망의 해방 의지가 있다. 영화를 만나는 동안 일탈하고 싶었던 '또 다른 나'가 튀어나오는 것이다.

이제 비로소 다양한 나를 만날 준비가 되어 있다. 나는 실패자, 주변 인물, 조연에게 더 많은 공감과 동일시가 이루어진다. 나만의 영화 읽기 노하우다. 〈세 얼간이3 Idiots〉에서는 피아의 언니 모나, 그리고 밀리리터를 주인공보다 열렬히 사랑한다. 〈굿 윌 헌팅Good Will Hunting〉에서는 처키가 그렇다.

"네 집 문을 두드려도, 네가 없을 때, 안녕이란 작별의 말도 없이 네가 떠날 때, 그 날이 내 생애 최고의 날이야."

월의 친구 처키를 생각할 때마다 마음이 아프고, 고맙다. 나에게도 날개를 달아주고 싶어 하는 착한 친구들이 있었다. 그랬다. 니체의 '운명에 대한 사랑'은 자신의 처지에 만족하라는 뜻이 아니라 그 반대 의지를 키울 수 있는 발판을 굳건히 하라는 의미로 해석해야 한다. 나는 운명에 맞서 싸우다 장렬한 최후를 맞는 고대 영웅도 사랑하지만, 운명을 사랑하는 사람(근·현대인)을 더 사랑한다. 재주도 없고 평범한 사람으로서 품격 있게 살아가는 유일한 방식이 운명에 대한 사랑이라고 굳게 믿고 있다. 그런 면에서 나는 여성으로 태어난 것이 다행스럽다. 여성으로 느꼈던 불평등과 차별은 인간 평등과 해방 의지를 키우는 힘이 되었다고 믿기 때문이다.

어린 시절에는 영화관에 갈 형편이 되지 않았다. 다만 최초의 영화에 대한 기억은 생생하다. 중학교 3학년 겨울에 혼자서 늦게까지 텔레비전 채널을 돌리다가 영화 〈드레퓌스Dreyfus〉를 만났다. '나는 고발한다'라는 문장과 빅토르 위고에 깊이 감명 받았던 기억은 지금도 두근두근 설렘으로 남아 있다. 그때 영상의 막강한 힘을 처음 체험하였다. 하지만 여고 시절에 단체 관람한 〈바람과 함께 사라지다Gone with the Wind〉와 〈닥터 지바고Doctor Zhivago〉는 맹

숭맹숭하게 보았을 뿐 특별히 기억에 남는 장면이 없었다. 마지막 장면, 지바고가 자신의 딸을 찾아서 만나는 장면이 인상적이었다. 노동자가 된 소냐와 그 남자 친구의 모습이 나는 좋았다. 최근 고전영화를 찾아보면서 고교 시절 생존의 절박함(?) 때문에 놓쳤던 감동을 뒤늦게 음미한다. 영화관이나 영상 문화가 낯설었고 서구 문화에 대한 거부감도 있었을 것이다. 고교 시절, 내 친구들은 성냥 공장으로, 또는 방직 공장이나 버스 안내양으로, 공단의 기숙사로 거처를 옮겼다. 나만 학교를 다닐 수 있었던 하루하루가 가시방석 같았기에 열심히 뭔가 보답해야 하는데 방법을 알 수가 없어서 자학적인 심정으로 살았던 것 같다. 좋은 영화라고 모두에게 감동과 좋은 영향력을 발휘하는 건 아니다. 문화콘텐츠에 대한 기반이나 접근성이 마련되어 있지 않으면 고교 시절의 나처럼 '보아도 보이지 않는 법'이다.

모든 인연은 우연과 필연의 만남이다. 영화를 만난 것은, 의도적인 노력도 있었다. 글을 쓸 때, 영화를 인용하면 글이 편하고 쉬웠다. 학생들과 영화 이야기를 나누면 반짝거리는 눈빛이 좋았다. 사람들은 나보다 영화를 많이 보는 것 같았다. 그 사람들에게 듣는 영화 이야기는 서로의 거리를 정확히 알려주었지만 이야기가 오가는 지점의 경계에서 나는 새로운 가능성을 발견하기도 했다.

3. 함께 보고 싶은 영화가 좋다

나는 음식 자체의 퀄리티가 함께 먹는 사람이나 장소에 따라서 변한다고 본다. 정작 중요한 건 객관적인 맛의 정의가 아니다. 입 안으로 들어가서 감도는 향과 촉감에서부터 입안에서 잘게 씹으며 느끼는 식도락의 즐거움도 중요하지만 무엇보다도 뱃속에서 이루어지는 섞임과 부서짐과 발효를 통해서 흡수와 동화와 이화작용이 이루어지는 과정이다. 배설의 순환이 완성되기까지 어찌 음식 자체만으로 그 퀄리티를 말할 수 있겠는가. 하여, 영화나 책을 읽으면서 퀄리티를 위한 다양한 만남을 기획하고 싶었고 그래야 한다고 여겼다.

나는 인생의 목표가 지나치게 뚜렷했다.

어렸을 때 인생의 최대목표는 가족이었다. 가난하지 않게 살고 싶었다. 소박하게 표현하면 의식주가 남루하지 않게 살고 싶었던 게 목표의 전부였다. 부모님은 사랑이라는 말을 단 한 번도 해본 적이 없지만 목숨 걸고 자식 교육에 매진하였고 '평범함' 그 이상의 선망을 알지 못할 만치 소박했다.

성장하면서 조금씩 인생의 목표가 확장되었다. 고등학교 때는 문학에 빠졌었고 대학교 때는 민중과 여성학에 목숨을 걸어야 한다는 강박증에 시달렸다. 그래도 역시 가족에 대한 책임감에서 자유롭지는 못했다. 상대적 빈곤에서 벗어날 수 없다는 깨달음 때문이기도 했고, 나의 정체성에 거대담론이 끼어들었기 때문에 인생의 목표는 흔들렸다. 가족을 위해서 살겠다는 나의 결단이 헛소리에 불과했음을 깨달으면서 나는 '가족의 힘'으로 살아왔다는 역설을 온몸으로 긍정했다. 요즘 내 인생의 목표는 친환경적으로 하루에 세 끼를 찾아먹는 것이며 일주일에 한 번 이상 영화관을 찾는 일이다. 말 ≣ 다이어트를 하자고 하루에 세 번 이상 다짐하기도 한다. 내가 할 수 있는 일과 할 수 없는 일을 구분하는 지혜가 조금이나마 나를 숨통이 트이게 한다.

나는 영화를 사랑한다. 영화는 내가 할 수 있는 일을 발견하게 한다. 영화가 없었다면 견디기 어려웠던 날들을 기억하기 때문에 지금은 여유로울 수도 있다. 나는 오래 살고 싶다. 처음으로 하는 생각이다. 앞으로 만나게 될 미지의 세계가 무궁무진할 것으로 기대되기 때문에 남은 생을 감당할 수 있는 자신감이 생겼다. 그 무한한 것들 속에 병과 근심과 미움이 차지하는 비중이 얼마나 될까, 이것들에 대해서도 두렵지 않다. 인간의 존재가 짊어져야 하는 피할 수 없는 짐이기 때문이다.

평론집 『슬픔의, 힘』(2017)을 낼 때만 해도 내가 짊어진 슬픔에 대해 확신이 있었다. 지금은 아니다. 나는 운이 좋았다. 아니, 아주 나쁘지는 않았다. 가난했던 유년시절이나, 명석하지 못한 두뇌나, 요령이 부족한 공부 방식이나 원만하지 못한 인간관계 덕분에 나에게는 새로운 열정의 대상, 영화가 나에게 왔다고 믿는다.

혼자 할 수 있는 일을 좋아한다. 작은 방 두 칸에 열한 명이 살았던 유년시절의 복작거리는 분위기에서 벗어날 수 있다면 무엇이든 좋았다. 덕분에 아주 어렸을 때부터 혼자 다니고, 먹고, 결정하는 걸 좋아했다. 혼밥은 일상이자 즐거움이었다. 그런 내가 유독 함께 하려고 애쓰는 것이 있다면 그게 바로 여행과 영화다. 여러 가지 이유로 동행할 수밖에 없는 상황 때문이다.

따라서 나에게 영화는 만남의 광장이다. 함께 할 수 있는 가장 경제적이고 풍요로운 콘텐츠가 영화이기 때문이다. 책 모임에서와 같이 영화 선정은 특별한 경우가 아니라면 나는 뒤로 물러선다. 보고 싶은 영화는 반드시 혼자라도 보고야 말기 때문에 일단 상대방(모임)이 원하는 영화를 함께 보는 것이 더 좋은 것이다. 당연한 말이지만 좋은 영화는 반복해서 읽는 것이 좋다. 한번으로 만족할 영화도 있지만 대부분은 두세 번 읽어야 폭넓은 감상이 가능하다. 영화를 만든 사람들의 노고를 생각하면 수십 번 만나야 깊은 이해가 가능하다고 믿는다. 시를 외울 만큼 읽어야 그 맛을 음미할 수 있듯이 말이다. 영화는 시처럼 압축적이고 비유 상징 장치가 있다는 점에서 쌍생아처럼 닮았다. 이미지의 메타포를 이해하려면 대사뿐 아니라 음악과 영상 기법까지 읽을 줄 알아야 한다는데, 나는 아직 멀었다.

나는 영화를 놀이라고 생각하는 사람이다. 하지만 그 놀이를 소비하기보다는 생산의 콘텐츠로 만들고 싶은 역발상이 크다. 사람마다 겉으로 드러나는 이미지와 진면목은 상이한 경우가 많다. 나또한 예외가 아니다. 단발머리에 화장기 없는 얼굴에 단벌 복장으로 다니지만 그다지 실리적이지는 못하다. 계절 별로 옷은 많이 있지만 정작 내가 입는 옷은 두어 벌에 불과하다. 중학교 때부터 내 헤어스타일은 동일하게 단발이다. 가능하면 닥치는 대로 많은 영화를 본다. 그중에서 끌림이 강한 영화는 특별한 인연이다.

나는 늘 시간에 쫓기며 산다. 어렸을 때부터 유독 잠이 많았기에 깨어 있는 시간에는 일분일초를 아껴야만 했다. 그러다보니 시간의 효율성에 유독 민감하다. 내가 생각할 때, 영화는 가장 경제적인 문화 콘텐츠이다. 두 세 시간 영화에 온몸을 맡기는 순간 내안에서 이루어지는 다양한 만남과 다양한 감정의 흔들림을 나는 고해苦海의 엑기스를 복용하는 것으로 여긴다. 세상과 소통하는 또 하나의 거울로서 영화에 대한 나의 사랑은 나날이 깊어간다.

4. 일단, 남들이 좋다는 영화를 선택한다

어느 날 예고 없이 확 안겨오는 영화를 좋아한다. 이럴 때면 그저 좋아서 어쩔 줄 모르는 어린 아이처럼 영화에 매달려 쩔쩔맨다. 더 좋아하는 자가 '을'이 되는 것처럼 영화 앞에서 나는 '영원한 을'이다. 최근에 〈업Up〉을 볼 때도 그랬다. 동화적 상상력으로 죽음을 앞둔 노년의 남자가 모험을 떠나는 장면들이 눈물겹게 아름다웠지만 현실과 영화의 세계에 가로놓인 틈을 감당하기 힘들었다. 나는 그 틈을 메우기 위해 끝없이 그 남자에게 편지를 쓰고, 단상 메모를 하고, 말이 통하는 지인들과 뜬금없이 '영화로 수다 떨기'를 반복한다. 이 글은 그러한 시간들이 이루어낸 결과물이다.

아놀드 하우저의 『문학과 예술의 사회사』 마지막 장은 영상 시대를 예견한다. 예언은 적중했다. 우리는 불가사리처럼 모든 문화와 예술을 집어 삼키는 영상 시대에 익숙해진 지 오래다. 나는 변화하는 세상에 조금은 희망적인데 그 이유는 적절한 무지 때문일지도 모른다. 나는 인류의 종말에 N분의 1만 책임질 것이며, 절대로 완전체가 될 수 없는 역사와 사회, 인류가 지닌 불완전함과 불합리와 모순에 절망 대신 수용을 작정한 바 있다. 나는 N분의 1로서 당당하게 세상과 만나면서 죽을 때까지 나를 숙성시키고 싶다. 나의 관심은 세상과 인류에 대한 것보다 나의 변화와 가능성에 있다. 나는 '생로병사오욕칠정'에서 자유롭지 않다. 모든 인간이 그렇다고 보기 때문에 그럭저럭 견디고 있는 것 같다. 그 안에서 절망과 비애에 침몰하지 않고 따스함과 생기生起를 품고 싶다. 어쩔수 없는 천성이기도 하다. 다행이다.

내가 좋아하는 영화는 오래도록 잔상이 남아서 나에게 공부나 생각할 거리를 제공하는 것들이다. 나를 부드럽게 어루만져주거나 위로하는 영화도 좋다. 때로는 나를 불편하게 하는 영화도 마찬가지로 좋아한다. 영화도 사람처럼 궁합이 맞아야 하고 좋은 인연이 있는가 하면 악연도 있다. 몸이 힘들 때 무리해서 보는 영화나, 내 취향이 아닌데 억지로 보는 건 악연이 될 수도 있다. 영화관에서 꾸벅꾸벅 존 적이 몇 번 있는데 절대 영화 때문이 아니다. 내 몸이 영화관이라는 공간에 적응하지 못 할만치 힘들었기 때문이다. 내가 영화관을 찾는 시간은 기진맥진해서 아무것도 할 수 없을 때가 대부분이다. 그때도 힘겹게 일과를 마치고 극도로 탈진 상태였을 것이다.

나는 하염없이 눈물이 흑흑 흐르는 영화를 좋아한다. 아니면 무시무시한 공포와 스릴러도 좋다. 나는 히치콕의 광팬이다. 흑백영화 〈사이코Psycho〉는 나를 사로잡았고 그의 영화는 나의 내장에 화인火印을 새겨 넣었다. 예술영화나 작품상을 받은 영화는 꼭 챙겨본다. 한마디로 말해 마구잡이 스타일이다. 그런데 나의 지인들은 나보다 예민한 사람들이 대부분이다. 흐르는 눈물을 닦아주어야 할 사람들이 너무 많아서 내 눈물은 거의 말라붙었다. 내가 눈물을 닦아주어야 하는 사람과 함께 보는 불편함을 감수한다. 피가 흐르는 장면이 스치기만 해도 악몽을 꾸는 남편. 나의 여동생은 무서운 영화를 볼 때마다 극장에서 소리를 내기도한다.

5. 함께, 그리고 다르게—나만의 영화 읽기

오랜 세월 공부하는 시간을 부끄러워하며 살아야 했다. 어렸을 적 할머니는 책을 들고 있으면 지청구를 했었고, 운동권 선후배들이 현장에서 몸으로 바쁠 때 공부는 신선놀음 같아서 죄책감이 동반됐다. 공부하는 시간을 만들기 위해서 내가 줄일 수 있는 시간은 잠이나 먹는 시간만이 아니었다. 가족과의 대화나 직장에서의 원만한 인간관계도 최소화하면서 내 가슴 한구석은 죄인처럼 외로웠다.

책을 끼고 사는 것조차 사치라고 여겼던 내가 어떻게 영화와 가까워질 수 있었던 건지 의아하기도 하다. 전교조나 여성 단체에서 추진했던 영화 관람이 도움이 되었을 것이다. 하지만 수시로 영화관을 출입하는 나에게 고운 시선을 보내는 사람들은 많지 않았다. 공부하는 것까지는 봐주던 남편까지 영화와 늦바람이라도 난 것처럼 외면했다. 그래서 핑계를 만들어야 했는지도 모른다. 놀러 다니는 것이 아니라 모임에 참석하는 거라고.

내가 '영화로 수다 떨기'를 하며 만난 모든 사람들은 나의 스승 역할을 톡톡히 하였다. 나는 많은 사람들의 신세를 진 셈이다. 평생을 가르치는 일을 업으로 살아왔지만 영화에 있어서는 다르다. 고백하건대, 나는 영화에 있어서 왕초보자이다. 그러함에도 당당할 수 있는 건 영화에 대한 나만의 사랑이 지극하다는 점이다. 초보자만이 지닌 풋풋함이 있다고 남몰래 미소 지을 수 있는 것이다. 첫 사랑은 왕초보자의 사랑이기에 지극한 것이 아니가.

공주대학교 연극반 '황토'가 있었기에 영화에 대한 사랑이 시작될 수 있었을 것이라 여기기도 한다. 이곳에 언급하지 못했던 〈피아노 The Piano〉 〈아무르Amour〉, 〈헤어드레서The Hairdresser〉, 〈아마데우스Amadeus〉, 〈여고괴담〉, 〈가족의 탄생〉이 뒷덜미를 잡는다. 글로 표현할 기회를 놓쳤으니 다음의 인연을 기약할 수밖에 없다. 삼십 년 전, 연극반 선배 동료가 생각날 때가 가끔 있다. 오늘도 그렇다. 내 인생의 '화양연화'였다고 감히 고백하고 싶다. 감사한 일이다. 같은 물을 먹어도 독사는 독을 만들고 젖소는 우유를 만들어낸다는데, 나는 운이 좋았다.

그곳, 그리고 나를 만난 벌판에서 이름 없는 초대장을 받았던 행운을 많은 사람들과 나누고 싶었다. 이 글은 그 행운을 잠시 미루거나 고이 접어 편지함에 넣어둔 사람들에게 보내는 초대장이 될 것 같다. 내가 좋아하는 영화, 가족과 함께 보고 싶은 영화, 다시 보고 싶은 영화, 모두 담았다.

아버지나무는 물이 흐른다

—

참새들의 합창

원제 ǀ The Song of Sparrows

감독 ǀ 마지드 마지디 Majid Majidi

이란

2008

—

산문집 『아버지나무는 물이 흐른다』(천년의 시작, 2016)를 출간했다.

품었던 이야기를 글로 풀어낸 것뿐인데 새로운 사건인 양 설렘
과 쑥스러움의 감정이 교차한다. 한 편씩 연재했던 글과는 질감이
다른 책의 표정을 실감하는 것이다. 특히 제목이 낯설고 어색하다.

오랫동안 생각했던 제목은 '아버지의 집'이었다.

정선원 선생님이 공주중학교 분회장을 맡았을 때, 상담 프로그
램 진행 과정에서 그림으로 그렸던 '어린 시절의 집'이 그 모태가
되었다. 도랑을 메워 만든 납작한 집. 세상에서 가장 초라한 집에

서 살았다는 자격지심을 오랫동안 키워놓은 집. 그 집을 그리면서 내 마음이 촉촉한 그리움으로 피어나고 있었으니, 굳게 잠긴 유년의 빗장이 풀리는 소리였다. 가겟집의 소란스러움과 팔 남매의 꼬물거림이 치부가 아닌 치열한 삶의 현장일 뿐이었다는 담담함으로 천장이 낮은 그 집으로 접어두었던 발걸음을 성큼 옮겼다.

그 집에는 굴뚝을 오가는 구렁이가 있었고 변소의 몽당빗자루를 휘두르며 피부병을 치료해주던 할머니의 손길이 남아 있었다. 그랬다. 온돌의 따스함으로 잔존하는 그 할머니를 기억 속에서 잊고 살았다는 사실이 믿기지 않았다. 세상을 떠나신 지 15년이 흘렀을까. 결코 길다고 할 수 없는 세월인데 까마득하게 할머니를 잊고 살았던 것이다.

유년을 집필하면서 망각과 기억의 언저리에 아슴아슴 걸쳐 있던 사연들이 삐죽삐죽 솟아나기 시작했다. 가장 많은 부분을 차지하는 건 역시 할머니의 얼굴이다. 할머니에 대한 기억을 더듬는 과정에서 아버지라는 인물이 불쑥 튀어나온다.

할머니는 편애가 심했다. 아버지와 남동생만 위하고 나에게는 가사 노동만 종용하면서 구박하기 일쑤였다. 여자는 살림 잘하고 큰소리 내지 않고 가장에 복종해야 한다는 생각을 최고의 미덕으로 삼았다. 당신의 아들에게 대놓고 의견을 내세우지 않았지만 맏딸을 살림 밑천 삼지 않고 학교에 보내는 걸 못마땅해하셨나 보다.

"계집애가 공부를 해서 뭐 하려구?"

숙제에 정신이 팔려 애기 울음소리를 듣지 못해 지청구를 먹기 일쑤였다(나는 팔 남매의 만딸이었다).

"이 망할 년아. 판사가 될래? 검사가 될래?"

나는 숙제하던 공책에 엎어져서 펑펑 울었다. 저녁을 먹지 않는 것으로 나의 시위는 막을 내렸지만 할머니에 대한 원망은 사라지지 않았다. 그때의 분심忿心으로 오랜 세월 책에 매달렸는지도 모르겠다.

할머니를 생각하면, 성차별의 섭섭함으로 눈물겨운 기억이 많다. 하지만 그 서러움을 덮고도 남에게 무한한 사랑의 영감靈感으로 흐르는 정을 주신 분이다. 내가 쓰고 싶었던 이야기의 뿌리가 할머니에게서 비롯되었듯이 진짜 내 가슴속 맺힌 이야기는 할머니에게서 새롭게 풀어내야 함을 안다. 그 이야기가 지닌 힘은 가슴속 디엔에이DNA 언저리까지 나를 이끌어 갈 것임을 믿는다. 연암 박지원이 아버지가 보고 싶을 때마다 형의 얼굴을 물에 비추어 보았듯이 나는 할머니의 잔상을 아버지에게서 만난다. 그러니까 『아버지나무는 물이 흐른다』는 나에게 할머니를 부르기 위한 서곡과 같은 의미가 있다.

이 땅에서 여자로 태어나 차별받던 서러움의 흉터가, 승화된 아름다움이 되기를 오래도록 꿈꿔왔다. 그러다가 이제금 현실에 발을 딛게 된 것일까? 언제부터였나. 흉터가 문신으로 변신했노라고 새롭게 다짐했다. 성차별의 언행을 일삼던 할머니와 아버지는 당대의 도덕성에 비추면 경우 바른 생을 살았던 어른이었음을 깨달은 게 스스로 대견할 뿐이다. 그렇게 평범한 삶에 담긴 딱 그만큼의 품격을 그려내고 싶었다. 야생과 위악이 있을지언정 위선의 덫에 빠지지 않도록, 남루함에서 묻어나는 인간미를 담고 싶었던 것이다.

영화 〈천국의 아이들〉(Children of Heaven, 1997)로 유명한 마지드 마지디Majid Majidi 감독의 〈참새들의 합창〉에서 그려지는 아이들의 모습은 1960~1970년대 나의 유년기와 닮았다. 가부장적인 아버지의 모습과 돈을 벌고 싶어 하는 아이들의 모습이 특히 그렇다. 가족을 위해서 쉴 틈 없이 일하는 가장의 무게와 고독감, 게다가 폭언과 폭력의 모습까지 사실적으로 와닿았다. 줄거리는 아래와 같다.

2008년 개봉 당시 이란 사회를 담은 작은 도시와 농촌을 배경으로 영화가 전개된다. 타조 농장에서 일하는 가장을 의지하며 가난하지만 오순도순 살아가는 가족들이 등장한다. 큰딸이 보청기를 잃어버려 아버지의 근심은 이만저만이 아니다. 설상가상 아버지는 탈출한 타조 때문에 해고를 당하자, 틈만 나면 타조의 탈을 쓰고 타조를 찾아 나선다. 이제 가난은 생계의 위협을 받는 비참한 지경에까지 이르렀다. 아버지는 도시까지 출퇴근을 하며 돈을 버는 다양한 방법을 터득하고자 이곳저곳을 기웃거린다. 그 와중에 엄마와 딸은 생활비에 보태고자 몰래 꽃을 판매하다가 아버지에게 매를 맞는다. 아이들은 집 근처 쓰레기 웅덩이를 치우고 그곳에 물고기를 키워 돈을 벌겠다는 계획을 세우지만 현실은 호락호락하지 않다. 마침내 돈을 모아 치어 10만 마리를 사서 돌아오는 마지막 장면이 가장 인상적이다.

그 마음을 안다. 나 역시 돈을 벌기 위해서 무엇이든 했다. 아버지의 어깨를 덜어주고 싶고 배고프지 않게 살고 싶었던 마음이었다. 봉투를 붙여서 돈을 벌겠다고 팔을 걷어붙였고 남동생은 신문 배달을 시도했다. 딱지치기를 잘해 딱지를 많이 모으면 땔감을 사지 않아도 되지 않을까 하여 한 상자를 따서 가마솥 아궁이에 지핀 적도 있었다. 그 한 상자의 딱지가 불길에 닿자마자 순식간에 태워질 때 한 장의 딱지를 넘기기 위해 힘쓰던 그 순간들이 눈물겹게 허무했다.

영화의 소년 역시 화분 나르는 일을 닥치는 대로 하면서 1년 동안 돈을 모았다. 아버지가 물고기를 키우겠다는 계획에 반대했지만 끝까지 포기하지 않고 모은 돈으로 드디어 이들은 치어를 마련한다. 치어와 함께 트럭의 짐칸에서 희망에 부푼 가슴으로 집을 향하는 길이 마지막 장면이다.

그러나 청명한 하늘 아래 치어를 담은 비닐이 터지면서 이들의 꿈은 산산조각이 난다. 숨을 할딱이는 치어들을 살려보겠다고 바둥대며 손톱에 피멍이 맺히도록 길가 작은 웅덩이의 흙을 파며 가능성을 시도하지만 실패한다. 결국 힘겹게 도랑에 놓아주는 것으로 이들의 꿈은 강물을 따라 멀리멀리 떠나가 버렸다. 일 년의 고생이 날아가는 순간, 한 마리라도 더 살리겠다고 맨발로 자갈길을 가로지르는 아이들을 카메라는 숨 가쁘게 담아낸다. 이란의 가난한 아이들이 강물의 물고기와 한 몸이 되는 순간이다. 이 아이들이 가난에 주눅 들지 않고, 생명을 키워내는 어른으로 성장하리라는 희망이 잔잔한 음악으로 흐른다.

트럭 짐칸에서 울먹이는 아이들을 위해 아버지는 아무런 말도 건네지 않는다. 물고기를 키우겠다는 꿈을 위해 쏟았던 아이들의 노력과 실패가 비로소 아버지의 아픔으로 되는 시간. 견뎌야 하는 시간의 무게를 덜어줄 수 있는 말이 없음을 절감하는 아버지. 아버지의 마음은 노래가 된다. 느릿느릿 아버지가 부르는 노래는 훈계나 위로와는 거리가 멀다. 마침내 눈물범벅의 아이들이 아버지와 함께 노래를 부르면서 영화 〈참새들의 합창〉은 막을 내린다.

죽은 줄 알았던 베란다의 벤저민이 살아났다.

겨울 내내 하얗게 말라가는 모습이 안쓰러웠지만 '수명이 다 되었는가 보다' 여겼을 뿐 살려야겠다는 정성을 기울이지 않았다. 같은 아파트에서 10년째 살았지만 화초에는 세심한 눈길을 보내지 못한 채 바쁘게 지내왔다. 게으름으로 베란다에서 치우지 못한 채 가끔 물을 주며 애도의 눈길을 보냈던 나무에서 새순이 한 개 피어났다.

'어, 죽은 나무에서 새싹이?'

놀라움과 미안함으로 나의 눈길에 응원이 담기기 시작했다. 다시 살아난 나무의 힘은 어디에 있었을까. 나무의 몸 어딘가 흐르고 있던 한 방울 물기가 시초는 아니었을까?

이별이 주는 선물

—

굿' 바이: Good & Bye

원제 । おくりびと: Departures

감독 । 다키타 요지로滝田洋二郎

일본

2008

—

　죽음이 무섭지 않게 그렇지만 너무 가볍게 다루어지지 않는 상상력을 만나고 싶다면 이 영화를 추천한다. 끼니마다 마주치는 장아찌 반찬처럼 자칫 방심하기 쉬운 게 죽음이므로 모처럼 영상으로 체득하며 느껴보라. 게다가 약간의 유머를 곁들여 만나는 상상력은 죽음의 여유를 준비할 수 있는 저력을 키워줄지도 모른다. 고갱Paul Gauguin의 말년작 〈우리는 어디에서 왔는가? 우리는 무엇인가? 우리는 어디로 가는가?〉의 한 장면처럼 범상하게 바라볼 수 있는 힘을.

추석 연휴를 앞두고 돌아가신 시아버님은 지금도 현실로 다가오지 않는다. 당연히 마음의 준비를 하고 있었지만 현실은 갑작스럽고 황당했다. 그 막막했던 마음들이 장례 절차를 밟으면서 크게 위로가 된다는 사실에 또 크게 놀랐다. 결국 모든 문화가 그러하듯 장례 문화 또한 산 사람을 위한 통과의례임을.

이 영화에서 만나는 납관사(염습사)의 등장은 예사롭지 않다. 죽은 몸을 만지면서 주고받는 말이나 표정은 철학자나 예술가처럼 삶과 죽음을 넘나들면서 웅숭깊은 울림을 만들어낸다.

첼로 연주자였다가 갑작스럽게 실업자가 된 후 고향으로 돌아와 정착을 시도하다가 얼떨결에 취업한 염습일에 주인공 다이고大悟는 운명처럼 빨려든다.

몇 차례 보조 역할만 하다가 처음으로 일을 담당하게 된 다이고는 아름다운 젊은 여인의 시신을 만난다. 그동안 학습하고 연습한 대로 젊은 여인의 시신을 닦는 다이고의 진지한 표정이 갑자기 황당하게 변하며 선배 염습사를 향한다. 표정과 음악과 주고받는 말들에서 장례식답지 않은 웃음이 유발된다.

"그게 있어요."

"그거라니?"

"남자의…?"

노련한 선배 염습사는 상황을 파악한 후 즉시 침착하게 물음을 던진다.

"여자로 할까요, 남자로 할까요?"

잠시 소란을 피우는 상황에서 대답은 한결같다.

"여자로 해야지."

자살한 여인(트랜스젠더)의 아름다운 얼굴에, 생전의 오욕과 고통의 표정들이 대비되는 순간이지만, 가족들의 시끌벅적한 장례 절차를 바라보는 관객은 웃을 수도 울 수도 없다. 삶의 흔적이 과장 없이 담겨 있는 시신을 묵묵히 받아들일 수밖에…. 그리고 우리의 초보 염습사는 지극정성으로 자신의 일을 해낼 뿐이다.

부패와 악취가 들끓는 시신도 있고, 유족들이 천대하면서 일을 시키기도 하지만 다이고는 오히려 이 일에 매료된다. 성공한 첼로 연주자로 한때 동창생들에게 부러움의 대상이었지만, 염습사 일을 하는 것이 알려지며 따돌림 당하고 무시받지만 전혀 개의치 않는다. 임신한 아내가 집을 나가겠다고 극렬하게 반대해도 자신의 일을 멈추지 못한다.

일본 영화 마쓰오카 조지松岡錠司 감독의 〈심야식당〉(2015), 후루하타 야스오降旗康男 감독의 〈철도원〉(1999)에 이어 이 영화에서도 주인공은 자신의 업(직업)에 대한 충실함과 진지한 긍지가 녹아 흐른다. 일본 영화에서 자주 접하는 분위기가 흐르는 첼로 연주에 의해 변주될 뿐이지만 영화 속의 음악은 최고의 양념 그 이상으로 비유된다. 특히 첼로의 선율은 스크린 속의 그 굵고 깊은 울림으로 삶과 죽음의 경계를 넘나들면서 현실과 상상의 이미지를 확장한다. "인생 별거 있냐"는 식의 자조도 아니고 "호랑이는 가죽을 남기고 사람은 이름을 남겨야 한다"의 명예에 대한 집착도 아니다. 태어난 건 내 뜻이 아닐지언정 자신의 인생은 내 뜻으로 살고 싶다는 선언일 뿐이다.

수도 없이 많은 사체 그리고 죽음의 서사가 진행되지만 클라이맥스를 향하는 구성이 물 샐 틈 없이 탄탄하다. 재래식 목욕탕을 운영하던, 친구 엄마이자 동네 아주머니의 장례식에서 다이고의 '시신 닦는 일'은 아내와 친구에게 감동을 준다. 그동안 무시했던 다이고의 업을 비로소 진심으로 인정하는 친구, 그보다 더 다행인 것은 아내 역시 남편의 업(직업)을 당당하게 인정한 것이다.

주인공이 아버지와 대면하는 장면 역시 사체이다. 재즈 카페를 운영하던 아버지는 카페 종업원과 사랑에 빠져 아내와 어린 아들을 버리고 젊은 여인과 멀리 떠났다. 그 후 아버지에게서 온 처음이자 마지막 소식은 죽음의 기별이다. 아버지를 미워했다고 생각했던 다이고는 미움과 사랑의 감정이 아닌 '세상에서 가장 아름다운 이별'을 경험한다. 시신이 된 아버지의 손에 꼭 쥐어진 '돌멩이'는 주인공과 함께 나눈 '돌편지'(자기 마음을 닮은 돌. 돌에서 느껴지는 감촉과 무게로써 상대방의 마음을 읽을 수 있다는 의미로 주고받는 것)였다.

마치 죽음 앞에서는 모든 것을 용서하고 이해해야 한다는 듯한 메시지도 던진다. 죽음의 고현학에 빠져든 염습사, 자신을 버리고 떠난 아버지에 대해 평생 동안 지녀온 미움조차 '사랑'으로 바꿀 수 있는 힘은 '죽음에 대한 성찰'이라는 메시지. 이 영화가 아름답지만 현실감이 없다는 평을 듣는 이유이다. 그런데 '미움'은 '미움'일 뿐, 결코 죽음이 '미움'을 '사랑'으로 바꿀 수는 없는 것일까? 아니다, 죽음이 아니라 '내가 주인공인 삶'을 투시한다면 달라질 수도 있다. '죽음을 삶과 동등하게 성찰'할 수 있는 힘이라면 매사가 가능하다. 피붙이에 대한 미움이 상대방으로 말미암아서가 아니라, 스스로에 대한 애정 갈구이자 집착이었음을 깨닫게 된다면 말이다. 나의 존재에 대한 절대적 긍정으로 말미암아 피붙이에 대한 미움이 사라지고 그 자리에 들어서는 감정이 있다면 그것이 사랑이든 연민이든 무슨 상관인가.

이 영화를 접한 이후 염습사 관련 영화들에 관심을 가지게 되었다. 박진표 감독의 〈내 사랑 내 곁에〉(2009)는 김명민과 하지원의 연기가 좋았지만 전체적으로 너무 어둡다는 느낌이 강했다. 장문일 감독의 〈행복한 장의사〉(2000), 폴란드 감독 보슬로Agnieszka Wojtowicz-Vosloo의 〈애프터 라이프After Life〉(2009)도 조만간 만날 예정이다. 비슷한 분위기나 내용을 담은 영화를 함께 보면서 유독 한 개의 영화를 더욱 깊게 만나는 경우가 있다. 〈굿' 바이〉도 그런 경우이다. 특히 첼로의 선율이 배경에 깔리면서 만나는 죽음은 삶에 대한 강렬한 메시지를 남긴다. 집착과 사랑과 이별을 반복하는 인간의 삶을 응시하는 시선이 부드러워질 만큼 말이다.

망자가 된 시아버님은 평소 어른께는 "존경합니다"라고 해야 한다 하셨지만, 내가 시아버님께 마지막 드린 말씀은 "아버님, 사랑합니다"였다. 평소에 어려워서 하지 못했던 말이고, 금기라 여겼지만 어쩌면 망자께서 내심 가장 좋아하실 말씀이 아닐까 싶었다.

이 영화를 보면서 생각했다. 영원한 이별은 없다고. 어쩌면 좋은 이별과 그렇지 않은 이별만이 있을 뿐이라고.

쿵따리 샤바라 빠빠빠

—

세 얼간이

원제 ｜ 3 Idiots

감독 ｜ 라즈쿠마르 히라니Rajkumar Hirani

인도

2009

—

자주 통화하는 이름을 내 식으로 저장한다.

'빨간 머리 앤', '키다리 아저씨', '내 사랑', '알 이즈 웰'… 전화기에 떠오르는 이름들.

영화나, 소설 속 이름은 혈육과 애정 관계를 넘어 특별한 의미 상승을 일으켜 내 나름의 소소한 행복을 맛보기 위한 방법이다. 그 가운데 즐겨찾기 1호는 단연 '알 이즈 웰'이다. 일주일에 한두 번 만나지만 하루에도 서너 번씩 전화를 주고받는 여동생 박도화의 닉네임이다. 휴대폰 화면에 떠오르는 '알 이즈 웰'은 행운이자

기적이며 마술인 하루의 삶에 대한 간절한 소망이고.

'알 이즈 웰All is well.'

부르면 부를수록 더 많은 행운이 올 것 같은 기대감의 이름이
다. 그래서 하루하루의 삶을 기적이라고 부르고 싶다. '우리는 빈
부귀천 없이 사랑받기 위해 태어났다'는 말이나 '마음을 다스리면
진정한 평화를 얻을 수 있다'는 말을 증명하고 싶다.

하루하루 살얼음판의 위태로움으로 다가오는 강박 증세는 특별
한 게 아니다. 현대인은 너나없이 스트레스와 불안증을 안고 살아
갈 수밖에 없으니. 그 불안함을 가족에 기대어 미래의 행복을 꿈
꾸지만 가족의 사랑이 나의 행복이 되기는 낙타가 바늘구멍에 들
어가는 것만치나 쉽지 않은 일이다. 그래도 미래에 대한 희망의
끈을 놓을 수는 없지 않겠는가. 억지 믿음일지언정 좋은 예감을
기대할 수 있다면 일단 실행에 옮겨야 하지 않겠는가. 그래서 하
루에 한두 번 호흡을 길게 가다듬고 발음해본다.

"알 이즈 웰!"

마을을 순찰하는 야경꾼이 있었는데 그는 '이상이 없다'는 의미
의 말을 이렇게 했다.

"알~ 이즈~ 웰!"

이 말이 울리면 마을 사람들은 안심을 하고 깊은 잠에 빠질 수 있
었단다. 알고 보니 이 야경꾼은 야맹증 환자였다니 놀랍지 않은가?

이 영화를 만난 후 자기 충족적 예언 효과라는 심리적 용어 '피

그말리온 효과'를 실천하려고 노력하는 나를 자주 만난다. 그리스 신화에서 조각가였던 피그말리온은 아름다운 여인상을 조각하고, 그 여인상을 진심으로 사랑하게 된다. 여신女神 아프로디테는 그의 사랑에 감동하여 여인상에게 생명을 주었다고 한다. 타인의 기대나 관심으로 좋은 결과가 가능해진다는 믿음을 피그말리온 효과라고 하는데, 현실이 마술이 될 수 있는 가능성을 나는 강하게 믿는 편이다.

"잘될 거야."
"아무 이상 없어."
불안할 때마다 이 말을 반복하여 자신감을 키웠던 란초Rancho, 파르한Farhan, 라주Raju가 영화의 주인공들이다. 인도 영화 특유의 노래와 춤으로 버무려지는 젊은이의 애환에 공대 생활의 중압감과 동료의 자살 사건이 펼쳐진다. 많은 부분이 키팅 선장의 〈죽은 시인의 사회Dead Poets Society〉(1989)와 겹쳐지는 분위기가 있었다. 하지만 이 영화의 코드는 비극적 음울이 아닌, 역경을 딛고 성공 신화로 이어지는 유쾌 발랄함이다. 그래서 리얼리티가 조금 아쉽게 느껴지는 건, 어쩔 수 없는 옥의 티라 하겠다.

등장인물은 3명의 공학도와 그들의 가족이며 학교 이야기가 펼쳐진다. 자신의 꿈이 아닌, 가족의 욕망으로 살아야 하는 천재들의 이야기를 펼쳐내기 위한 인도의 명문 공대가 등장한다. '명문' 중에서 '공대'라니 미래에의 전망이 확실한 간판이 아닌가? 1980년대 지방대를 다니던 필자는 서울대 재학 중인 동생 덕분에 가끔 신림동에 드나들었다. 동생은 대학생이었지만 집에서 생활비를 지원받지 않고 재수생 동생 뒷바라지까지 감당했다. 딱한 처지였지만 동생은 오히려 누나인 나를 위로하며, '과외 알바로 가족을 먹여 살리는 친구들이 많다'며 웃었다. 당시 서울대생 절반 이상이 학비를 걱정해야 할 만큼 어려웠기에 서로의 처지를 이해하기도 했던 것 같다. 너나없이 가족의 짐을 어깨에 멘 채 억눌려 살던 시대였다. 졸업하면 연봉이 높은 조건으로 취업이 보장되었기에 학벌이 최고의 재테크였던 시대의 이야기는 우리나라의 입시 흐름과 유사하다.

어디서 어떻게 잘못된 것일까. 학벌과 집안의 명예와 부모의 욕망, 그 틈에서 정작 소외된 진정한 꿈과 행복의 문제···. 한동안 이런 주제로 한국 사회는 매우 뜨거웠다. 이상석의 〈사랑으로 매긴 성적표〉가 영화와 뮤지컬로 다양하게 대중을 흡입했던 것처럼, 인도에서도 '명문은 희망이다'라는 명제를 꺾으려는 열풍이 만만치 않았음을 알게 된다.

세 인물들은 기계적인 주입식 교육 현장에 불과한 명문 학교에 적응하지 못하고 방황한다. 괴짜 행세를 하며 캠퍼스를 누비면서도 란초는 성적이 매우 좋지만 그의 벗 파르한과 라주는 낙제의 위험에 놓여 있다. 파르한은 사진작가의 꿈을 포기할 수 없기에 학업에 집중하지 못한다. 라주는 가족에 짓눌린 부담감 때문에 고민에 에너지를 낭비하는 스타일이다. 이들이 자신감을 찾고 가족 사랑을 책임지면서 자신의 꿈과 행복을 찾아가는 이야기다. 그 중심에서 웃음을 유발하고 감동적으로 상황을 바꾸는 역할은 전적으로 란초에 달려 있다. 때로는 장난기 가득한 악동처럼, 때로는 괴짜처럼 그리고 구원자처럼 란초는 종횡무진 막강한 존재로 군림하는, 이 영화의 히어로이다. 특히 두 명의 생명을 구하는 경이로운 출산의 과정에서 보여주는 웃음과 진지함의 절묘한 궁합은 진정한 공학이란 무엇인가에 대한 해석으로 이어질 수 있을 것이다.

레오나르도 다빈치가 환생한 듯 다재다능한 캐릭터인 란초는 사실 부잣집 아들이 싫어했던 배움과 맞바꾼 란초 집 정원사 아들 초테Chhote임이 밝혀진다. 주인집 아들이 팽개친 교복을 입고 도강(도둑 수강)을 했던 배움에 목마른 가난한 집 태생이었던 것이다. 대리 학위 취득을 위해 입학한 초테는 란초의 이름으로 학위를 받고 행적을 감출 수밖에 없는 속사정이 있었음을 어찌 알겠는가. 란초의 행방을 찾아 길을 떠나는 친구들에게 끊임없이 궁금증을 유발하는 건 영화의 재미를 높이는 요소이다.

무엇보다 이 영화에 매료되는 힘은 권위에 주눅 들지 않는 다양한 캐릭터들이다. 이발사는 파르한과 라주 둘 중 한 명이라도 취직을 하면 자신의 트레이드마크인 콧수염을 밀어버리라는 총장(비루 교수)의 말을 실행한다. 이 영화에서 부정적 인물인 바이러스는 총장이라는 직위를 이용하여 자신의 아들을 부정 입학시킬 수 있었겠지만 그런 편법을 사용하지는 않는다. 동시에 젊은이들과 코드가 맞지 않아 사사건건 부딪치는 보수적 인물이지만 진정한 자존심을 위해 스스로 고개를 숙일 줄 아는 인물이다. 학생이 아니면서 학생보다 더욱 학구적인 인물 밀리리터의 재치 있는 입담, 란초와 대립적인 차투르Chatur의 코믹 연기는 '약방의 감초'이다. 피아Pia와 란초의 로맨스는 떡볶이의 매콤한 양념처럼 혀끝을 자극하며, 소심한 란초를 사로잡는 피아의 당당함이 돋보인다. (두 번 버림받는 '가격표'에 대한 설득력이 부족하다는 아쉬움과는 별개로.)

별똥별이 떨어지는 순간 강렬하고 짧게 하나의 소망을 빌어야 이루어진다는 속설이 있다. 간절한 소망이 있다면 반드시 이루도록 우주가 합심하여 도와야 한다는 기대 심리를 대변하는 건지도 모른다. 아침저녁으로 정화수를 떠놓고 가족의 무병장수를 빌었던 나의 할머니를 떠올린다. 할머니의 기도가 헛되지 않기를. 가족이 무거운 짐이 아니라, 꿈을 펼치는 힘이 될 수 있기를 빌어본다. '지성이면 감천'이라는 말도 있지 않은가.

'알~ 이즈~ 웰.'

나는 가해자의 엄마입니다

—

케빈에 대하여

원제 | We Need to Talk About Kevin

감독 | 린 램지Lynne Ramsay

영국

2011

—

학교 폭력 피해자의 담임으로 한 달 가까이 시달렸던 적이 있습니다. 교사로서 자주 겪는 마음고생일 뿐인데도 굳이 '시달렸다'고 표현하는 이유는 학부모끼리 합의 지점을 찾으려는 노력이 빗나가면서 담당 교사에게 '시달렸다'는 말을 귀에 못이 박히도록 들어서입니다.

정작 학생들은 후유증이 없는 상황이라 즈이끼리 '피해자와 가해자'라는 관계에서도 쉽게 화해했지만, 학부모의 입장은 복잡하게 엉겨서 끝내 수습이 이루어지지 않았습니다. 피해자 학부모들은 학교 측에 강한 불신을 드러냈고, 시시콜콜한 불만 사항을 터뜨리며 서너 명의 교사에게 책임을 추궁하는 바람에 그야말로 난감했지요. 그 '피해자 학생이 사실은 가해자였을 때가 많았다'는 과거의 행적은 이 사건에서만큼은 무의미했습니다.

가해자는 벌을 받고, 피해자는 보상받아야 하지만 정확하게 양을 측정하여 그에 응당한 대가를 주고받을 수 있다는 믿음이 저에게는 없습니다. 한 인간의 성장이 진공 상태에서 홀로 이루어지는 것이 아니기 때문에 더욱 그렇습니다. 가족과 사회와 인간관계가 얽혀 있는 그물망에서 누구도 가해자의 위치에서 자유롭지 않기 때문이지요. 적어도 교육의 실천을 염두에 둔다면, 가해자와 피해자 논리를 넘어서는 방법을 찾아야 합니다. 마침 비스름한 고민을 압축하여 그려낸 영화가 있어서 반가웠습니다.

가해자와 피해자의 붉은색 이미지를 변주하여 무겁고 깊게 그려낸 영화 〈케빈에 대하여〉는 모성애에 집중하면서도 다양한 통로의 문을 열어놓았습니다. 모성 신화에 대한 원초적 물음이 영상 곳곳에 배어 있다고나 할까요. 권력은 남자들이 독차지하고, 골치 아픈 문제들(육아라든지 기타 등등)의 최종 책임과 의무를 부여하는 이중적 잣대 등 가부장 사회가 요구하는 모성애의 이중성을 비판하는 날카로운 시선을 읽을 수 있습니다. 아들이 살인자라는 이유로 사회에서 매장당하는 엄마 이야기를 다큐처럼 담백하게 담아내며 피해와 가해의 문제가 얽혀 있는 인간관계를 새롭게 조명합니다.

『나는 가해자의 엄마입니다』(반비, 2016)는 미국 콜럼바인 고등학교 총기 난사 사건(1999년) 주범의 엄마가 쓴 책입니다. '잘못된 가정교육', '왕따', '사이코패스', '집단 괴롭힘' 등 상식적 관점에서 사건을 단순화하는 사회 여론을 비판하고, 문제의 원인은 복합적이고 난해하다는 것을 입증하는 글이지요. 재발 방지를 위해서, 해야 할 일이 무엇인지 성찰을 이끌어냅니다. 영화와 책을 함께 읽는 시간을 가졌습니다.

이 책은 영화에서처럼 케빈Kevin이 행했던 집단살해와 그 이후를 사이코패스와 모성이 부족한 엄마라는 단선적 관점에서 벗어나 보통 엄마의 시각에서 바라보는 책이더군요. 분노 조절 장애, 자학, 관심 끌기가 복합되어 발생하는 잔인한 청소년 범죄를 새롭게 직시할 필요가 있다는 생각을 하게 되었습니다. 짐작하겠지만 책, 영화 모두 불편하기 짝이 없습니다. 충격과 성찰의 순간들이 너무도 강렬하여 한동안 아무런 일도 할 수 없는 막막한 심정이었습니다. 그럼에도 뭔가 하고 싶은 말들을 정리하여 끄집어낼 수 있는 마력이 있었지요. 영화 이야기를 하겠습니다.

엄마라면 당연한 품성으로 갖추어야 할 모성애가 편견과 고정관념이 아닌지 영화는 집요하게 물음을 던집니다. 모성애가 책임져야 할 부분이 무엇인지에 대해서도 상식으로 재단하지 않도록 다양한 상황을 보여줍니다.

온몸에 붉은 물감을 뒤집어쓴 알몸의 여인, 그녀가 잠에서 깨어나면서 영화가 시작됩니다. 그 붉은 물감 같은 이물질이 불길한 격정으로 다가왔는데, 토마토 축제의 퍼포먼스를 군중의 야수성과 폭력성의 이미지와 오버랩시켰다는 걸 알아챘습니다. 음악은 난해하고 칙칙하면서도 강렬한 느낌의 음색이 끊임없이 진행됩니다. 알 수 없는 불안과 초조함의 분위기에서 침착하고 차가운 표정으로 이 모든 상황을 견뎌내는 여성이 등장하는데 그가 케빈의 엄마 에바Eva입니다. 모성 신화의 무의식으로 들이미는 잣대의 폭력성을 피의 질감과 빛깔을 닮은 붉은색 토마토즙의 흩뿌려짐으로 이미지화하고 있습니다. 그 상황을 고통스러움과 환희로 태연히 감당하는 에바는 모성애라는 이름으로 파멸한 이름 없는 여인들의 이미지이기도 합니다.

아인슈타인의 첫 번째 아내였던 밀레바 마리치Mileva Marić는 상대성이론의 탄생에 공을 세운 촉망받는 학자였지만 병약한 아들을 독박 육아하면서 학계에서 잊힌 존재가 됩니다. 소아마비를 앓았던 그녀는 아이러니하게도 아인슈타인이 결혼 이후에도 학자의 삶을 함께할 것을 맹세하며 프러포즈를 했었다는 점입니다. 이후 그녀는 남편에게 이혼당하고 병약한 둘째 아들과 함께 정신병원에서 생을 마감했습니다.

케빈은 수십 명의 친구들을 살해했습니다. 게다가 동생과 아버지의 목숨까지 해친 잔혹함은 인간적 온기를 손톱만큼도 느끼기 힘든 괴물처럼 나타납니다. 영화는 비현실적으로 무겁지만 지독하게 현실적입니다. 미국에서 자주 일어나는 총기 난사 사건 관련 가족들이 짊어졌던 고통과 슬픔이 고스란히 겹쳐지기 때문입니다. 영화에서 집중하는 조명 인물은 가해자 케빈이 아니라 '그의 엄마'입니다. 케빈의 행위가 수많은 가족을 불행에 빠뜨렸음을 잘 보여주는 인물이 바로 '그의 엄마'인 것이지요. 동시에 그녀는 케빈을 이해하려고 가장 많은 노력과 정성을 들이는 사람입니다. 그 누구보다도.

배 속에 케빈을 가졌을 때 그녀는 자신의 자유가 침해될까 매우 두려웠습니다. 유명 여행가였던 그녀는 유목민처럼 자유로운 영혼의 소유자였으니 막연히 정착 생활에 대한 두려움이 컸을 것입니다. 대부분의 여성들이 임신과 출산과 자녀 양육에 대한 공포감이 있다고 합니다. 저도 이와 비슷한 경험이 있었지만 드러내놓고 발설하지 못했던 기억이 있습니다.

케빈은 어렸을 때부터 과잉 행동을 보였고, 그만큼 그녀의 육아는 힘들었지만 노력하는 엄마의 모습을 충실하게 이행했습니다. 그녀가 지극한 헌신과 정성으로 케빈을 품어주지는 못했으나, 서툴고 미숙한 엄마일망정 포기하지 않고 노력하는 모습을 보였습니다. 특별히 예민했고, 두뇌도 명석해 보였으나 케빈은 끝내 사고를 쳤습니다. 취미로 시작했던 활쏘기 실력으로 성인이 되기 하루 전날 축제 중이던 체육관의 문을 잠그고 화살을 쏘았어요. 수십 명이 죽었고, 피해자의 가족들은 케빈을 향한 증오심을 그녀에게 폭발합니다. 현관에는 늘상 계란과 토마토를 던진 자국이 남아 있고, 입에 담지 못할 욕설이 적혀 있습니다. 그녀의 일과는 그 협박성 흔적을 지우는 일로 시작합니다.

감독은 피해자 가족의 고통을 가감 없이 그려내면서도 폭력의 복잡한 정체를 천착하고 싶은 것입니다. 아들이 죄인이므로 엄마가 그 죗값을 치러야 한다는 오래된 논리의 유통기한은 왜 소멸하지 않는 걸까요? 솔직하게 말하자면 '인천 초등생 살인 사건'의 가해자 부모에게 비난의 화살을 날리지 않기가 얼마나 힘든 일인지 우리는 잘 알고 있습니다. 하물며 피해자 부모는 어련하겠습니까. 피해자와 가해자 모두 폭력의 트라우마에서 벗어날 수 없는 세상입니다.

영화는 가해자와 피해자로 양분하는 시선에 조심스러운 물음을 던집니다. 생때같은 자식을 잃은 부모의 슬픔을 형용할 말은 어차피 없습니다. 그렇다 할지라도 케빈의 엄마가 그들의 먹잇감이 되어 고통 받는 삶은 참으로 안타깝습니다. 병원에 수감된 케빈 대신 그의 엄마에게 폭언과 폭행이 행사됩니다. 인간으로서 견디기 힘든 그들의 고통을 이해할 수 있으나 그래서는 안 되는 것이지요. 사건의 트라우마는 가해자와 피해자의 구분을 무의미하게 만들어버립니다. 솔직히 말해서 케빈의 엄마가 가장 큰 피해자입니다. 남편도, 딸도 잃고 사회에서 매장되었으니까요.

살인자의 엄마로서 살아가기, 살인자의 엄마에게 분노 폭발하기, 카메라 앵글은 온전하게 그녀에게 집중합니다. 피해자의 가족들이 그녀를 미워하고 공격하는 건 그녀가 아들을 잘못 키웠다는 것에 대한 응징인가요? 하물며 직접 피해자가 아닌 사람들조차 그녀를 벌레처럼 기피합니다.

그러나 그녀는 자신에게 일어나는 불행한 일들과 당당하게 맞섭니다. 그녀는 엄마가 되기 전부터 충실하게 살아왔지요. 엄마가 되어서도 최선을 다해서 살았습니다. 원하지 않았던 엄마라는 자리, 준비가 소홀하고 미흡했지만 끝까지 노력했습니다. 실수도 있었고, 분통을 터뜨리며 케빈을 팽개치거나 울음소리가 듣기 싫어서 유모차에 탄 케빈을 방치하기도 했습니다만, 표창장으로 치하할 만큼은 아니어도 정성을 다해 엄마의 자리를 굳건히 지켰습니다.

'맘충'이라는 신조어가 있습니다. 그녀들은 시도 때도 없이 기저귀를 갈아야 하고 우유병을 꺼내야 합니다. 유모차를 끌고 쇼핑을 하는 엄마를 비난하는 네티즌들이 만든 말입니다. 엄마에게 붙인 '벌레 같다'는 혐오감의 표현을 어떻게 이해해야 할까요. '엄마는 위대하다', '모성애가 중요하다', 하지만 이러한 언어가 결국은 여성 차별적 가치관의 고리에 연결되어 있음은 두말하면 잔소리입니다. 여성이라는 약자를 고상하게 부려먹기 위해 더 많은 의무와 책임을 부여하여 구속의 테두리를 넓고 튼튼하게 만든 가부장제의 산물이라 할 수 있지요.

에바는 모성 신화의 대가를 혹독하게 치르는 중입니다. 그녀 역시 어린 시절 사랑이 충만한 가정에서 성장하지 못한 듯합니다. 모성애라는 것이 천성적인 것이 아니라 학습의 결과임을 슬쩍 비칩니다. 에바는 성장 과정의 애정 결핍을 여행가로서의 열정으로 승화했던 여인입니다. 하지만 갑작스럽게 엄마가 된 그녀는 당황스럽고 자신에게 화가 나 있는 상태입니다. 육아에 전념하지만 실수가 많고 서투른 엄마일 수밖에 없습니다. 그동안 자유분방했던 삶과 성공적인 여행자로서의 '경단녀'(경력 단절 여성)가 된 삶에 적응하는 시간이 필요했는지도 모릅니다.

안타까운 건 에바가 "너 때문에 나는 불행해졌어"라고 아들에게 말하지 않았어야 합니다. 행복과 불행의 주체는 자신이 아닌가요. 누구 때문에 불행해지지 않는 독자적 존재 가치를 스스로 찾았어야 합니다. 하지만 우리는 불합리한 존재로서 미숙한 삶을 살아가는 인간입니다. 이상이 크고 열정적일수록 현실의 문제에 적응하기는 더욱 어렵고요.

에바는 고통스러운 삶을 포기하지 않습니다. 분노의 표적으로 온갖 수모를 겪지만, 당연히 마을을 떠나지도 않고요. '살인자 엄마'로서 머무르기로 결심을 굳힙니다. 모성애 때문이 아니라 독자적인 인격체로서의 삶을 개척해야 하기 때문입니다. 케빈 역시 동등한 인격체입니다. 케빈이 자신이 저지른 행동을 성찰할 수 있기를 에바는 간절히 바랍니다. 영화의 마지막 장면입니다.

"왜 그랬어?"

『나는 가해자의 엄마입니다』의 저자 수 클리볼드Sue Klebold는 이 질문 자체가 잘못되었다고 말합니다. 너무도 평범한 중산층 가정에서, 부모로부터 사랑을 듬뿍 받으며 자란 소년이 살인마가 된 현실을 그 자체로 인정해야 한다고 강조합니다. '왜'라는 물음 대신, '어떻게' 그런 일이 일어날 수 있었는지 충분히 성찰할 수 있어야 한다는 것이지요. 그래야만 대형 참사의 비극을 방지할 수 있는 '어떻게'의 해답에 근접할 수 있는 가능성이 있기 때문입니다.

단 한 명의 아이일지라도 학교 폭파의 분노를 품고 있다면 말입니다, 먼저 그 문제를 해결해야 할 것 같습니다. 녹음이 짙어가는 시절, 새삼 학교가 무섭네요. 의심의 눈으로 밑바닥을 더듬는 사랑을 어떻게 실현해야 하는가, 마음이 무겁습니다.

모드 루이스의 평범한 마술 이야기

—

내 사랑

원제 ǀ Maudie

감독 ǀ 에이슬링 월시Aisling Walsh

아일랜드·캐나다

2016

—

영화 〈내 사랑〉을 통해 만난 모드 루이스Maud Lewis는 캐나다의 대표적인 나이브 화가이다. 나이브 화가란 정식으로 그림을 배우지 않고 화풍에 무관하게 그림을 그리는 화가를 의미하는데, 대중과의 소통이 가능한 지점은 평범한 존재들의 생명력이다. 창문을 통해 바라보는 세상처럼, 모드의 그림은 자신이 동경하는 또는 기억하고 싶은 또 다른 세상이다. 어쩌면 모드에게 그림이란 어린아이가 물장난 치듯 행위 자체에 몰입하는 단순한 행복일지도 모른다. 그림을 어떻게 그려야 한다는 배움이 없었기에 살아가는 이야기를 생동감 있는 에너지로 표현할 수 있었을 것이다. 모드는 주변에서 흔히 볼 수 있는 꽃과 새와 나무와 같은 자연물 그리고 자신의 동반자를 사랑을 갖고 표현하여 평범한 소재에 독특한 생명력을 일깨웠다. 모드에게 그림이란 창문이자 세상과의 통로가 된 것이다.

모드의 동반자 에버렛Everett은 고아원에서 자라며 문자조차 배우지 못한 채, 땔감과 생선을 팔아 살아가는 사람이다. 모드와 에버렛의 만남은 나무꾼(생선 장수)과 가정부로 시작한다. 가정부가 나무꾼을 사랑하였고, 둘은 부부가 되었다는 동화 같은 이야기가 이 영화의 밑그림이다. 흥미롭지 않은가.

정규 학습으로 배우지 않아도 유명 화가가 될 수 있고, 교육을 받지 않아도 사랑하고 행복할 수 있다는 걸 우리는 얼마나 인정할 수 있을까? 가르치는 업을 짊어지고 살아가는 사람들은 진정한 배움과 가르침에 대해 그 폭과 깊이를 확장하는 일에 인색하지 말아야 한다. 바로 그 영감靈感을 되새기게 만드는 영화였다. 배울 수는 있지만 가르칠 수는 없는 상황에서 터득해야 하는 열정과 겸허함을 배운다.

모드와 에버렛 두 주인공 모두 사회에서 버림받다시피 팽개쳐진 존재들이다. 모드는 평범한 가정에서 기본 교육을 받았으나 류머티즘 관절염으로 몸이 뒤틀려서 가족에게 골칫거리였다. 보살

핍보다는 천대와 무시를 받았음에도 그녀는 천성적으로 유쾌한 성품을 지녔다. 에버렛은 기본 교육조차 받지 못한 채, 돈에 인색하고 퉁명스럽고 거칠게 살아오면서 사람들과의 관계에 서툴다. 하지만 누구보다 내면에 깃든 다정함과 따스함을 모드가 알아챘고, 자신과 어울리는 짝이라는 기대감을 품었을지도 모르겠다.

모드와 에버렛의 만남은 상처 입은 두 남녀가 처음에는 갑을 관계처럼 에버렛의 폭력성과 모드의 비참함이 부각되면서 시작된다. 하지만 이 관계는 모드의 주도하에 점차 개선된다. 모드는 자신을 쫓아내려는 에버렛을 포기하지 않고 변화시킨다. 에버렛이 좋아하는 요리를 만들고 자신이 좋아하는 그림을 그려서 집 안을 점차 자신의 아틀리에로 변화시킨다. 모드는 삭막했던 집의 분위기를 자신의 그림과 어눌한 노동력으로 뒤집어버린 것이다.

이 영화 최고의 명장면은 닭 요리와 닭 그림이 나오는 부분이다. 이 장면에 등장하는 제3의 인물은 모드와 에버렛을 연결하는 조력자이다. 짓궂은 호기심으로 에버렛과 모드의 동거를 기묘한 시선으로 바라보는 사람들과 다르게 그녀는 연민을 보일 뿐이다. 닭 그림을 보고 찬사를 보내는 그녀.

"당신이 그린 건가요?"

수줍게 그러나 자랑스럽게 대답하는 모드.

"예, 우리 닭이에요. 예뻤어요. 이제는 없지만요. 보고 싶어서 그렸어요. 잊지 않으려고요."

모드는 자신의 생존(에버렛에게 인정받아야 그곳에 계속 있을 수 있기 때문에)을 위해 그 닭을 손수 잡아서 요리를 만들었지만 닭을 사랑했던 기억을 간직하고 싶었던 것이다. 생존과 분리될 수 없는 이 사랑을 어떤 복합적 심리로 표현할 수 있겠는가. 닭도 그리고 꽃도 그리면서 모드는 에버렛의 집에서 점차 인정을 받는 자신의 그림처럼 당당하게 자리를 잡는 데 성공한다.

모드가 그림을 그리며 작은 집에서 점차 밝은 표정으로 자리 잡는 장면이 〈바그다드 카페Bagdad Cafe〉(1987)와 겹쳐진다. 라스베이거스의 사막 한가운데 자리한 〈바그다드 카페〉에서 마술 쇼를 벌이는 야스민을 생각한다. 모드의 그림이 황폐한 에버렛의 작은 집을 아름다운 예술가의 집으로 만들었듯, 야스민은 사막의 일부처럼 건조했던 카페를 생기 넘치는 공간으로 변화시킨다. 남편과 여행 중 헤어진 야스민이 사막 한복판에서 카페를 발견한 기쁨을 영화는 다양하게 변주하여 보여준다. 알고 보니 이방인에게 쉼터일 수 있는 카페라는 공간은 거주자에게는 평화로운 화해의 공간이 아니었던 것이다. 주인인 브렌다는 남편과 불화를 겪고 있으며, 피아노를 치는 아들은 미혼부로 손가락질을 당하고 있다. 야스민은 이들과 친구가 되고, 카페의 구석구석을 청소하고, 손님에게 정성껏 서빙을 하면서 결국, 자신의 직업인 마술 쇼 공연 장소를 만들어낸다. 사막을 찾아온 48대의 트럭에 둘러싸인 바그다드 카페에서 벌어지는 마술 쇼는 결국 우리네 인생이 꿈꾸는 장미꽃과 무지개가 어떻게 가능한가라는 질문을 던진다.

모드는 야스민이 바그다드 카페에서 만들어낸 마술처럼 작은 집을 한 폭의 크리스마스카드 그림으로 변신시켰고, 포악한 군주처럼 군림했던 에버렛을 사랑스런 동반자로 변신시켰다. 본래 모드는 세련된 화풍과 거리가 먼 소박한 민속 화가이다. 처음에는 페인트 남은 것으로 그림을 그렸다. 원색의 그림에는 사계절이 혼합되어 있기도 하지만 그의 그림은 따뜻하고, 천진스러운 평화로움이 담겨 있다. 모드가 성취한 행복은 바로 자신을 향한 따뜻함과 평화로움이다. 숙모는 모드를 불러서 용서를 빌며 말한다.

"우리 가족 중에서 너만 행복을 찾았구나."

숙모가 말하는 행복이란 '서로 사랑하고 사랑받는 삶'을 의미하는 것이 아닐까? 모드는 물질적으로 풍요롭게 살지는 못했다. 죽을 때까지 작은 집에서 거처했고 자가용도 없었으니, 소비와 거리가 먼 삶이었으리라. 자식과도 생이별을 해야 했고, 평생 뒤틀린 관절 때문에 고통 받았다. 그러나 그림이 잘 팔리게 되어 더 많은 시간을 그림을 그려야 했기에, 모드는 그 시간을 충분히 즐겼다. 에버렛은 모드를 대신하여 청소와 집안일을 툴툴대면서도 기꺼이 그 일을 맡았다.

모드의 그림은 많은 사랑을 받는데 어린이 그림같이 단순 발랄한 색감이 주는 명랑함 때문이다. 자신의 그림을 아껴주는 사람들에게 모드는 그렇게 혈육을 나눈 가족과는 함께하지 못했던 사랑을 주고받았다. 밝은 색조로 주변에서 흔히 볼 수 있는 꽃과 새와 물고기와 나무를 그리면서 모드는 천대받았던 자신의 아픔을 녹였을 것이다. 물론 천성의 밝음 때문만은 아니다. 자신을 무시하고 아이까지 빼앗은 오빠와 숙모에게도 미움을 넘어서 그리움을 품었다. 가까운 사람들에게 이용만 당했던 그 천성을 그림으로 표현하여 많은 사람들에게 즐거움을 선물했고, 무엇보다 자신이 기쁨의 주인공임을 자각했기에 스스로 진정한 예술가였던 것이다.

14년 전 제자 재준이가 예비 신부와 찾아왔다. 사회복지사의 꿈을 이루었고 6년째 사귀는 여자 친구와 결혼을 한다고 청첩장을 내민다. 생각해보니, 학생 시절 봉사 활동을 열심히 다녔고, 모둠 일기를 유난히 길게 썼던 친구이다. 생각만 해도 배시시 웃음이 피어나는 착하고 우직한 모습이 지금도 변함없이 그대로인 것이 신기하다. 이제 동반자를 만나서 둘이 일구어갈 또 다른 세상이 마술처럼 펼쳐질 것이다. 제발 그 마술이 영원한 해피 엔딩이기를 축원해본다. 우리가 만나는 대부분의 평범한 학생들, 이들이 '스스로의 삶을 바꾸고, 그리고 세상을 변화시킬 힘'이 된 30년이 흘렀지만, 여전히 나의 화두는 변하지 않았다.

아버지의 자존감

—

자전거 도둑

원제 | Ladri di biciclette

감독 | 비토리오 데시카Vittorio De Sica

이탈리아

1948

—

로마의 1930년대 대공황 시기, 영화 〈자전거 도둑〉 속의 아버지는 한국의 1970년대 조치원에서 팔 남매를 교육시키려고 분투했던 나의 아버지와 겹쳐진다. 영화는 가난을 아버지의 자존심과 아들의 눈빛이 공평하게 빛나도록 배려했다. 그 흔들리지 않는 균형 감각이 오래도록 잔잔한 여운을 남기는 것이다. 아버지의 자존심과 아들의 믿음. 가난 속에서도 맑게 빛나는 아들의 눈빛은 삶의 자존감을 증명한다.

어린 시절 나의 눈빛은 총명함 대신 반항심이, 맑음 대신 분노가 담겼던 것 같다. 가난이 주는 서러움과 사회적 냉대에 유독 예민했기 때문이다. 반면에 아버지는 매사 자신만만했다. 가난을 극복했다는 자부심이 남달랐고 그 당당함으로 자식 교육이라는 목표를 향해 매진했다. 아버지가 동시대의 아버지보다 특별했던 건 자식 교육에 딸도 포함시켰다는 점이다. 나는 그런 아버지를 존경했지만 배움이 부족한 아버지를 무시한 적도 많았다.

어른이 된 이후 아버지의 삶 전체를 존중하는 가치관을 지닐 수 있었던 건 온전히 당신의 교육열 덕분이었다. 대학 졸업장을 받았기 때문이 아니라 수직적 인간관계와 차별적 세계관을 넘어설 수 있었기 때문이고, 배움의 의미가 출세를 위한 수단이나 비교우위에 서기 위함이 아니라는 깨달음을 소중하게 가슴에 간직할 수 있었기에 가능할 수 있었으리라.

피부가 거뭇하고 목소리가 크신, 늘 당당해서 건장하게 여겼던 아버지를 지키고 싶었던 간절한 순간이 어린 시절에도 있었다. 시장 바닥에서 김과 미역을 팔던 아버지의 리어카 위에 차려놓은 물건이 발길질 한 방에 팽개쳐지는 행패를 당했다는 말을 전해 들은 직후였다. 가해자는 아버지의 아들뻘 되는 어린 사내였다. 엄마는 그 일을 떠올릴 때마다 오래도록 억울함을 하소연했지만 아버지는 원망도 분노도 보이지 않았다. 사장 아들과 가까운 사람에게 넘기려고 아버지 자리를 뺏은 것을 알면서도 당할 수밖에 없었던 것이다.

'아, 아버지가 약자였구나. 힘센 사람들에게 치이면서, 아둥바둥 버는 돈으로 쌀을 사고 학비를 만들었구나.'

처음으로 아버지의 사회적 약자로서의 지위를 직시하며 마음이 아팠던 기억이다.

그래서일까? 흑백영화의 영상미는 깊고 그윽하다. 특히 오래된 영화에서는 고성古城을 거니는 듯한 신비로움이 느껴질 때가 있다. 어두운 숲에서 만나는 원초적 풍경의 얼굴들에는 저마다의 우수가 배어 있다. 흑백의 명암이 만들어내는 인간의 표정에는 단순함만큼 정직함이 녹아 있는 것이다. 특히 로마의 뒷골목에 새겨진 군상의 가난한 현실은 시대의 거울로 보아도 무방하다. 그들이 지닌 삶의 무게는 온전히 배고픔과 싸워야 살아남을 수 있다는 본능을 자극하는 것이다. 때로는 도덕과 양심의 저울추가 빈곤의 고통에 짓눌릴 수밖에 없음을 일깨운다고 할까.

〈자전거 도둑〉에서 만난 아버지 안토니오에게는 가족의 생계를 책임지는 일이 삶의 전부였다. 피곤함을 담은 눈빛이 숲에서 만난 그늘처럼 그윽하게 다가왔다. 영화에 나오는 배우는 모두 전문 연기인이 아니라 노동자나 거리의 소년을 캐스팅했다 하니 독특한 발상이다. 세트장을 이용하지 않고 실제 거리에서 촬영한 것도 핍진성을 높이기 위한 감독의 의도이다.

2차 세계대전 직후 로마에는 전쟁의 여파로 실업자들이 넘쳐난다. 안토니오 역시 오랜 실직 상태로 일자리가 필요하다. 그가 구한 일은 포스터를 붙이는 일로 그 일을 하기 위해서는 자전거가 꼭 필요하다. 집 안의 이불까지 가져다 팔아 간신히 자전거를 구한 안토니오는 겨우 일을 시작한다. 그러던 어느 날 모퉁이에 세워둔 자전거를 도둑맞는다. 경찰에 신고했으나 아무 소용이 없다. 허둥지둥 자전거 가게들을 찾아다니다 어느 젊은이가 자신의 자전거를 타고 가는 것을 보고 쫓아갔으나 증거가 없다. 자전거를 찾는 건 불가능해지면서 절망에 빠진 안토니오는 마침내 자전거를 훔칠 궁리를 한다. 아들 브루노를 집으로 보내고 마침내 자전거를 훔쳐 달아나는 것이다. 그러나 주인에게 들켜서 추격전이 벌어지고 끝내 군중들에 포위된다. 옷은 헤쳐지고, 모자가 바닥에 짓밟힌다. 이 와중에 브루노는 모자를 집어 소중히 품에 안고 슬며시 아버지에게 다가와 손을 잡는다. 자전거 주인은 안토니오를 끌고 가는 경찰을 제지한다.

"괜찮네, 돌려보내게."

와글대는 군중들에 둘러싸인 채 경찰은 어리둥절한 표정으로 머뭇거리는데, 자전거 주인은 이들 부자를 향해 호의를 보낸다.

"자식 교육 잘 시킨 덕인 줄 알게."

혼이 빠진 듯 시종일관 무표정하게 있던 안토니오는 모자를 쓰고 걸음을 옮긴다. 브루노는 아버지의 손을 놓지 않는다. 안토니오의 눈에서 소리 없이 흐르던 눈물이 어느 결에 얼굴에 범벅이 되고 마침내 오열이 되어 폭발한다. 카메라는 오래도록 아버지와 아들의 뒷모습을 롱숏으로 담아낸다.

흑백영화의 마지막 장면이 가슴에 아로새겨지며 내는 파문의 의미는 명징하다. 아버지의 눈물방울과 오열에 담긴 가난의 서러움과, 알몸으로 땅바닥에 뒹구는 자존심을 끝내 포기하지 않고 일으켜 세우겠다는 내레이션이 들려오는 것 같다. 아들과 손을 맞잡고 걸어가는 이들의 뒷모습을 비추는 카메라는 무한한 지지를 보내고 있다. 아들은 아픔을 먹은 만치 든든하게 성장할 것이다. 아버지의 고단함과 함께하는 자녀의 성장을 다룬 영화들, 이를테면, 〈아이 앰 샘I Am Sam〉(2001), 〈인생은 아름다워La vita è bella〉(1997), 〈참새들의 합창The Song of Sparrows〉(2008)의 여운과 겹치는 이유는 가족이 성장의 아픔이자 자존감의 원동력이기 때문이다. 팔 남매를 교육시키며 장돌뱅이 행상을 했었던 나의 아버지 또한.

누구나 요리할 수 있다

—

라따뚜이

원제 ı Ratatouille

감독 ı 브래드 버드Bradley Bird

미국

2007

—

만화영화에서 애니메이션으로 바뀌더니 이제는 삼차원3D 애니메이션이라 한다. 그래픽 편집의 진화는 어디까지인가. 속도감, 입체성, 기상천외한 볼거리, 가상과 현실의 만남으로 확장된 삶의 영역은 무한한 상상력과 지적 긴장감으로 순간 행복의 절정을 만끽하게 한다. 그래도 나는 유년에 체득된 만화영화의 어감이 마음에 든다. 어쨌든 이 말을 떠올리면 천진난만한 동심을 민낯으로 만나는 설렘이 있다. 삼차원3D 애니메이션의 진화에 따라 동심도 복잡해지고 어려워진 것처럼 느껴질 때가 있는데, 〈라따뚜이〉

는 만화영화처럼 단순하고 편하게 집중되는 영화이다.

최고의 요리사가 되고 싶은 레미Remy와, 음식 사랑을 전혀 모르고 지적질을 즐기는 요리 비평가 안톤 이고Anton Ego가 구스토Gusteau의 레스토랑에서 만나는 장면으로 스토리가 진행된다. 혐오감의 대명사였던 존재를 사랑스럽게 재탄생시킨 '미키 마우스'의 생쥐는 이제 최고의 요리사가 되어 우리는 그의 요리를 꿈꾸고 사랑하게 되었다.

레미는 요리 프로그램을 즐겨보고 요리책을 열심히 읽다가 전설의 셰프 구스토를 존경하는 마음을 품는다. 셰프가 생전에 "누구나 요리할 수 있다"고 했는데 그 말이 자신을 위한 것임을 믿게 된 것이다. 그는 출신 성분의 비극을 스스로 극복하고자 못 말리는 열정을 쏟는다. 그에게 닥치는 일련의 사건들이 최고의 요리사 탄생을 알리는 수난 과정이라 해도 주변의 반대와 만류가 심상치 않다.

"너는 결코 요리사가 될 수 없어."

그러나 타고난 미각과 민감한 손놀림과, 미적 섬세함으로 그를 당할 자는 아무도 없다. 마법의 요리, 환상의 요리가 탄생하고, 모두가 인정한 최고의 셰프가 된다. 나중에 생쥐가 한 요리임을 알게 되었으면서도, 요리 비평가 안톤 이고의 극찬은 멈추지 않는다. 심지어 그는 레미의 라따뚜이를 사랑한 대가로 요리 비평가의 직함을 박탈당하는 위기에 처한다.

깜짝 놀랄 만한 음식을 창조해내는 셰프, 그가 생쥐라는 사실을 빼면 그다지 특별한 스토리는 없는 듯하다. 나쁜 주방장과 착한 요리사의 등장도 전혀 새롭지 않고. 양념으로 곁들이는 로맨스와 출생의 비밀은 밋밋한 스토리에 간간한 맛을 더해줄 뿐이다.

그러니까 생쥐가 실력으로 주방을 점령한다는 설정 자체가 이야기의 시작과 함께 긴장감과 신기한 볼거리를 제공하는 것이다. 생쥐와 주방은 부조화스럽다 못해 천적에 가까운 관계임은 주지의 사실 아닌가. 바퀴벌레나 뱀에 비하면 혐오감이 덜하지만 생쥐가 만든 요리는 상식적으로 허용하기 어렵다. 결국 레미의 존재가 위생반에 발각되면서 전설의 '구스토 레스토랑'은 영업정지와 폐업 처분을 받게 된다.

요리 비평가 안톤 이고는 이렇게 말했다.

"구스토 식당의 요리사는 상상도 못 할 만큼 출신이 소박하다. 허나 비평가로서 장담컨대, 그는 프랑스 최고의 요리사일 것이다."

프랑스 최고의 요리사 레미의 요리는 계속될 수 있을까. 영화의 마지막 장면, '라따뚜이' 식당은 성업 중이다. 안톤 이고의 오동통 살이 오른 편안한 표정과 즐겁게 음식을 먹는 사람들, 롤러스케이트를 타고 서빙을 하는 주방장의 이색적인 풍경이 벌어지는 식당이다. 그곳 주방에서 음식을 만드는 건 누구일까. 굳이 밝힐 필요가 없을 듯하다.

필자는 라따뚜이를 먹어보지 못했다. 이 음식이 뭔가 찾아보니 '야채를 넣어 끓인 찌개류'라 적혀 있다. 가장 평범하고, 일상적인 음식. 우리 식으로 말하자면 뭘까? 어렸을 때 간편하게 만들어주는 어머니의 음식 중에 허기를 달래주고 정을 느끼게 해주는 음식이라면 김치부침개일까, 쑥개떡일까? 돼지고기김치찌개나 두부된장찌개? 라따뚜이는 꼭 무어라고 꼬집어서 말할 수 없는 추억이 깃든 음식이다. 잔칫상에서나 만나는 음식이 아닌 평범한 먹거리라는 것밖에. 평범한 음식을 특별하게 만드는 비법은 먹는 사람과 만드는 사람의 교감이다. 그런데 교감이라는 게 음식을 사랑하면서 형성되기도 하고, 사람을 좋아하면서 만들어지기도 한다. 라따뚜이는 후자이다. 음식을 만든 주체가 생쥐라는 걸 알면서도 이미 형성된 교감은 흔들리지 않는다. 입맛을 사로잡는 힘이 때로는 운명처럼 절대적이기 때문이다.

"누구나 요리할 수 있다."

너무나 당연한 말처럼 여겨진다. 하지만 생쥐라는 동물을 '누구나'에 포함시킬 때 상황이 180도 달라지니 그것이 스토리텔링의 힘이 된다. 생쥐의 등장은 이야기를 풀어나가야 하는 기상천외한 발상과 그에 따른 웃음을 유발하는 장치로 변신한다. 그리고 영화의 깊이를 위해 당연히 '요리'를 알레고리로 이해하는 진지함도 필요하다. 그리하여 우리는 색다른 재미와 위안을 가슴에 품는다.

누군가 한 번쯤은 소수자라고 자신을 느껴보았다면 그 감동은 현실을 추동하는 힘이 될 수도 있다. '누구나'에 포함되지 못해서 슬퍼하고 있을 소수자는 언제나, 어디에나 있었다. 그는 누구인가, 사람과 생쥐처럼 명확한 구분은 없다. 어린이나 노약자 또는 주민등록증이 없는 사람, 전염병 환자… 기타 등등. 우리 모두는 꿈을 꿀 때 소수자가 된다.

'내가 감히, 어떻게?'라는 생각에 움츠려들 때 영화는 웃음과 위안을 아끼지 않는다. '누구나'에 당연히 나도 포함된다고 믿는 당당함을 선물한다.

늙음과 젊음을 합체하는 발칙한 욕망

—

수상한 그녀

감독 | 황동혁

한국

2014

—

남편 환갑 기념으로 가족 여행을 떠났다. 목적지는 베트남 다낭Da Nang. 도로를 채우는 오토바이 행렬(여자들이 더 많다)이 강렬하게 눈길을 끌었다. 처음에는 얼핏 '오토바이 달리기 대회'인가 했으나 그게 베트남의 변화하는 일상이었다. 거리 풍경은 그렇게 오토바이와 노상 카페가 인상적이다.

여자들이 일터에서 분주한 아침 시간에 사내들은 노상 카페에서 흡연과 잡담에 빠져 있다. 남편과 아들딸이 함께 떠나는 첫 외국 여행이었지만 발걸음이 무겁고 조마조마했다. 양가 부모님이 연로하시기 때문에 힘들게 내린 결단이었기 때문이다. 특히 남편은 병석에 누워계신 93세 아버님 때문에 마음 졸이며 일정에 집중하지 못하고 여행 내내 얼굴이 굳어 있었다. 함께 다닌 12명 대가족 일행의 평화로운 모습을 힐끔거리면서 속절없이 흐른 세월만 탓할 수밖에 없었으니.

아, 다시 옛날로 돌아갈 수 있다면… 부모님과 멋진 여행을 떠날 수 있으련만. 부모님에 대한 죄스러움의 화살은 엉뚱하게 걱정 안 해도 될 아들딸을 향한 자책으로 이어지곤 했다. 이국의 거리를 걷고 고적을 답사하는 여행은 꿈꾸지 못할지언정, 가까운 들길을 찾는 여유로움으로 아들딸과 더 많이 놀아줄 수 있었는데…. 책 이야기를 나누기보다 재잘재잘 떠드는 말을 오래오래 들어주어야 했는데….

머릿속 가득 고독한 부모님과, 취업의 벽과 힘겹게 씨름하는 아들딸의 무게에 짓눌린다. 그러니까 가족 여행은 훌훌 털어버리는 여행이 될 수 없다. '가족'이라는 단어가 들어가면 '피'가 섞였건 안 섞였건(피가 가족의 유일무이한 조건은 아니다), 엮이고 묶여서 짊어져야 하는 짐들이 온몸을 칭칭 감아드는 느낌이 달라붙는다. 그게 가족 여행이다.

영화 〈수상한 그녀〉의 정체는 '노인문제 전문가' 국립대 교수 아들을 자랑삼아 살아가는 70세 오말순 할머니(나문희 분)이다. 삶의 목적이 오로지 '내 새끼'만 챙기며 사는 것이던 그녀는 터무니없이 당당하고 기가 세다. 부잣집에서 곱게 자란 아가씨였지만 스무 살에 남편과 사별하고 죽어가는 아들(구체적인 병명은 모른다)을 키우며 시장 바닥에서 욕쟁이 할매로 살아남았다. 생명의 은인을 파산시킬 만큼 독하고 경우 없는 과거를 지닌 인물이다. 자식을 위해서라는 명분만 남은 이 뻔뻔한 여인을 자식마저 외면한다면 어찌할 것인가?

며느리가 심장병으로 쓰러져 입원하면서 그녀는 집안의 화근 덩어리가 된다. '요양원에 모셔야 한다'는 가족회의 장면을 엿듣고 가출을 결심하지만 갈 곳이 없다. 여기까지는 노인문제의 현실감이 팽팽하게 긴장감을 유지하면서 전개된다. '노인문제 전문가' 아들의 어두운 표정과 위세 당당한 시어머니에 짓눌린 검은 표정의 며느리까지, 모두 선량한 인물들이지만 가해자와 피해자가 존재하는 가족 풍경이다. 진중하면서 웃음기 없는 아들의 표정은 노인문제 전문가의 딜레마이다. 아들을 위해 청춘을 희생한 어머니 앞에서 며느리 입장을 대변하지 못했던 무능한 남편의 자화상도 보인다. 이렇듯 영화는 무겁고 진지한 메시지를 담고 있으나 진행은 유쾌 발랄함으로 통통 튀어 오른다.

그녀는 요양원에 가기 전 '청춘사진관'에서 찍은 영정 사진 덕분에 스무 살 젊음을 되찾는다. 오말순 욕쟁이 할매에서 꽃처녀 오두리(오드리 헵번의 변형 이름)로 변신한다. 신체 나이 20세와 정신 연령

70세의 부조화가 만든 독특한 캐릭터로 변신한다. 그즈음, 잘나가는 방송국 피디PD는 개성 없는 아이돌 걸 그룹과 차별화된 콘셉트 구상에 승부를 건다. 20대의 팔팔한 젊음과 전통의 숙성이 혼재된 영혼의 목소리를 찾아 헤매는 것이다. 그녀의 손자 '반지하'는 공부를 때려치우고 뮤지션의 꿈을 위해 자신이 작곡한 노래와 어울리는 가수를 찾다가 그녀와 우연히 만난다. 70세인 그녀를 처녀 시절부터 '아가씨'라 부르며 남몰래 흠모하던 '박 씨'는 그녀와 젊음과 늙음의 사연을 함께 나눈다. 그녀는 숨겨진 끼와 열정으로 사랑받는 존재가 되어 맘껏 청춘의 즐거움을 누리게 된다. 이 과정에서 그녀(심은경 분)의 연기는 욕쟁이 할머니의 걸음걸이와 거침없이 뱉어내는 말투로 통쾌한 웃음을 선물한다. 이상적인 남자에 대해 질문하는 피디PD에게 하는 말이, "남자는 처자식 굶기지 않고 밤일만 잘하면 되는 겨"란다. 하고 싶은 말을 툭툭 뱉는 습관으로 며느리가 스트레스를 받아 심장병까지 걸렸지만, 스무 살 꽃처녀의 입에서 나오는 말은 매력 넘치는 위트와 지혜로 인정받는다.

"생선찌개 지질 때 무를 밑에만 깔지 말고 위에도 얹어야 맛있는 국물이 고기에 배어 맛나요."

손님으로 초대받은 상황을 망각하고 습관대로 나온 말이다. 70세 욕쟁이 할매의 잔소리가 지혜의 명언이 되는 순간, 손자인 반지하는 열광한다. 얼굴도 예쁘고 노래도 잘하고 음식도 잘할 것 같은 그녀는 사랑받기 위해 태어난 사람으로 변신에 성공한 것이다. 며느리는 예전에 시어머니에게 반복해서 듣던 말을 떠올리면서 당황하지만 싫은 내색을 할 수 없다. 아들이 좋아하는 여자가 아닌가.

다시 스무 살 꽃처녀로 살 수 있다면!

영화는 이런 꿈같은 상황을 연출하면서 흘러간다. 그녀가 부르는 노래는 한결같이 80년대 감성을 자극한다. 〈라성에 가면〉, 〈하얀 나비〉, 〈빗물〉…. 김정호의 〈하얀 나비〉를 들으면서 요절한 가수의 고독했던 표정이 떠오른다. 가버린 청춘을 반추하는 야릇한 기분, 애절하면서 달달하다.

잠깐, 영화 〈수상한 그녀〉에게서 20대 청춘의 고뇌, 청년 실업의 해결책, 이런 기대는 버려야 한다. 코믹 영화일 뿐이다. 고부 갈등과 노인문제의 근본적 해결과 진지한 물음은 일단 관람한 다음 숨 고르기가 끝난 후 시작해도 늦지 않다. 영화는 영화일 뿐…. 보는 내내 웃음이 터지면서 통쾌하다.

"어머니, 저 환갑 때까지 사실려구요?"

다시 좋아진 고부 사이다. 아들과 딸(할머니의 보컬을 손녀가 이어받았다)의 콘서트장 화장실에서 얼굴을 매만지며 며느리는 농담을 던진다(쯧쯧 그걸 말이라고, 100세 시대가 아닌가). 2014년 제작된 영화인데 시대에 뒤떨어진 느낌이 드는 옥의 티를 일일이 거론할 수는 없다. 아들 자랑으로 사는 시어머니, 자식들의 성공에 만족하는 며느리,

이들 장면을 통해 고부 갈등이 해결된 것처럼 보여주는 설정은 매우 수상쩍다. 가해자와 피해자의 구분이 무의미해졌다. 뮤지션으로 성공하는 손자 손녀를 통한 대리 만족으로 가정의 평화가 유지될 수 있다고 생각한다면 시대착오적 망상일 뿐 아닌가?

영화의 결말은 욕쟁이 할매를 '아가씨'로 떠받들던 박 씨 아저씨(박인환 분)의 변신이다. 그녀처럼 청춘사진관을 만나 20대로 변신한 박 씨(김수현 분)는 오토바이를 날렵하게 몰면서 말한다. 오말순 할머니와 20대 박 씨의 만남은 영화의 결말이자 새로운 시작이다.

"워떠? 후달려?"

"집은? 가족은 어떡할 거여?"

"집이 무슨 소용이여. 두 다리가 튼튼한디."

이 영화는 늙음과 젊음의 화합을 위해 '피'라는 상징 장치를 준비한 듯하다. 필자는 어린 시절 '등골 빨아먹는 자식'이라는 말이 주는 죄의식 속에서 자랐다. 딸자식이 대학 공부까지 한다고 아버지 친척들이 쉽게 던진 언어들이 뒤통수에 찰거머리처럼 달라붙어서 평생토록 떨어지지 않았다.

'상처에 흐르는 피에서 노화가 진행된다'는 설정은 핏줄의 복선 장치이다. 손자인 반지하가 교통사고를 당해 희귀 혈액을 찾지 못하고 사경을 헤매는 상황에서 그녀는 젊음을 포기하고 가족을 구하는 역할을 자청한다. 아들은 수혈을 하지 말고 스무 살 꽃처녀로 꿈을 펼치며 젊음을 누리라고 간청한다.

"어머니는 하고 싶은 대로 맘껏 사세요. 제 자식은 제가 살릴 겁니다."

그러나 결국 그녀는 오말순 할머니로 돌아온다. 반지하 밴드에서 꿈을 펼치는 손자 손녀, 평화롭게 보이는 이들 가족. 이 영화에서 가장 수상한 장면이다. 고부 갈등, 노인문제 아무것도 해결되지 않았으니 이걸 어쩌나?

영화의 샛길을 들여다보자면 이렇다.

모든 부모가 오말순 할매처럼 청상과부로 시장 바닥에서 죽어가는 목숨을 살려놓거나, 1만8000원짜리 신발 하나 사는 것도 발발 떨며 자식을 키우지는 않는다. 희생과 헌신으로 키운 자식이 모두 사회적 성공을 이루는 것도 결코 아니다. 자식과 부모는 서로 씻을 수 없는 상처를 주기도 한다. 늙음의 현재에 고정화되어 잊힌 늙음 이전의 역사(오말순 할매의 과거처럼 부모에게는 피눈물 나는 역사가 있다는 것)를 사랑으로 기억하는 노력이 중요하다는 점을 부각시키고 싶은 것이다. 이 영화에서 리얼리티의 총체성을 기대하는 것은 무리지만 어찌 되었든 부모의 생명을 갉아먹으며 자식이 성장한다는 것을 '피'로 일깨워준 설정은 나름 참신성이 보이고 설득력이 있다.

그 '피'는 '의붓아버지의 피를 입양하였다'(손홍규, 『이슬람 정육점』)는 문장처럼 단순하지 않다는 점을 인식할 필요가 있다. 부모와 자식의 관계는 수직적이지 않고 고정적인 것도 아니다. 부모가 자식이 되고 자식이 부모가 된다는 순환은 세월의 무상함만이 아니다. 구순의 아버님을 걱정하는 환갑의 남편을 바라보는 나의 심경은 착잡하다. 늙음과 젊음의 강물이 따로 있지 않음을 받아들일 수밖에 없다.

오말순 욕쟁이 할매가 감칠맛 나게 노래 잘하고 고운 오두리로 변신하여 늙음과 젊음을 오가는 장면들. 우리는 모두 언젠가는 늙는다는 것. 선택이 아닌, 시간의 노예가 되어 늙는다는 것. 막연하게 운명으로 여겼던 늙음의 또 다른 이유를 생각하게 만드는 장면들을 많이 만난 영화였다. 영화의 장면과 무관하게 늙은 부모님의 젊은 피가 온몸 구석구석 뭉클하게 파고든다.

'가족애'의 빛과 그림자

—

마농의 샘

원제 ⎮ Jean De Florette(1부)·Manon des Sources(2부)

감독 ⎮ 클로드 베리Claude Berri

프랑스

1986

—

'가족애'로 자행되는 광기와 이기주의가 있다. 그 안에 녹아 있
는 유전자의 욕망은 비싼 대가를 치르며 반복 재생산되는데, 그
인과응보의 스토리에서 최대의 희생자는 사랑하는 가족이다. 가
족을 죽음으로 내몬 형벌로써 자신의 눈을 찔러 장님이 된 오이디
푸스 후예들은 지금 당신의 주변에도 존재한다. 어쩌면 당신이 그
주인공인지도 모르겠다. 〈마농의 샘〉은 이렇게 불편한 가족 이
야기를 담아 경고한다. 바로 당신의 사랑 때문에 또 다른 가족들
이 치명적인 아픔에 휩싸인다고. '가족애'라 믿었던 나의 사랑이

누군가를 고통스럽게 하는 굴레가 되고 있을지도 모른다고.

　〈대부The Godfather〉(1972)는 마피아 두목 돈 코를레오네가 가문을 키워내고 지키는 과정과 그 승계를 담은 이야기이다. 재력과 조직을 동원해 사람들의 문제를 해결해주는 대부代父에게 복수와 암투는 일상으로 진행된다. 가족의 의미를 조직과 권력을 합쳐놓은 거대함으로 확대할 때 개인의 존재 의미는 없다. 배신자라는 명분을 앞세워 매형을 살해하는 비정함조차 '가족애'로 포장되는 왜곡된 권력자의 모습(대부를 승계한 막내아들 마이클)은 예고된 비극이다.

　장이머우張藝謀 감독이 그린 〈5일의 마중归来, Coming Home〉(2014)은 아버지를 고발하도록 조장하는 중국 문화대혁명 속의 혼란과 한 가족의 아픔을 다룬다. 자식의 고발로 체포당한 아버지와 충격으로 기억상실에 걸린 엄마를 대하는 딸의 황폐한 삶. 엄마는 오랜 세월이 지나 무죄를 선고받고 돌아온 아버지를 끝내 알아보지 못하고 5일마다 공항으로 마중을 나간다. 비가 오나 눈이 오나 거동이 불편한 몸으로 공항을 향하는 엄마. 남편은 자신의 아내를 위해 이웃 사람 역할을 자처하며 주변을 맴돌아야 한다. 용서받지 못할 과오를 뉘우치면서도 또 다른 희생자가 된 딸. '가족애'는 이들에게 천형天刑이면서 동시에 실낱같은 희망으로 존재한다.

　마르그리트 뒤라스Marguerite Duras의 자전소설을 영화화한 〈연인L'Amant〉(1992)은 다문화적 상상력이 이국적 정염과 정사情事 장면의 무늬로 그려져 외설이냐 예술이냐의 담론을 제기한 프랑스 영화이다. 가족의 무게감에 짓눌린 10대 프랑스 소녀와 30대 중국인 남자의 육체적 사랑과 상상력이 영상으로 펼쳐진다. 이 영화는 나에게 '사랑에 대한 깨달음이나 이루어지지 못한 사랑의 아픔' 이전에 가족이라는 무게감에 짓눌린 불행한 삶에서 탈출구를 찾는 불안한 영혼이 서로에게 베푸는 육체의 향연으로 읽힌다.

나에게는 유독 가족 스토리에 집중하는 징후가 있다. 스스로 징크스라 여기기도 하지만 영화를 읽는 나만의 독특함이라 위안 삼으며 오독誤讀을 감당하는 관점으로 밀고 갈 수밖에 없다. 그래서일까? 〈마농의 샘〉에 흐르는 가족 서사는 주제곡 베르디의 오페라 〈운명의 힘La forza del destin〉만큼 슬프고 비극적인 중량감으로 다가왔다. 프랑스 프로방스 지방의 아름다운 자연경관과 탐욕으로 일그러진 인간의 우매한 정염과 비운의 사랑이 낭만적 분위기와 권선징악의 구도로 펼쳐져서 특히 그랬다.

울창한 산림으로 둘러싸인 농장으로 이주하는 가족의 표정은 평화롭다. 하지만 그들의 행렬에 동참하는 온갖 도시 취향 물품들은 힘겹게 헉헉거린다. 농장 생활에 부자연스러운 화려한 가구들. 그뿐인가? 오페라 가수 엄마와 시를 좋아하는 마음 좋은 아버지와 금발머리에 드레스 차림의 딸. 이들 가족의 밝은 표정과 평화로운 산속 농장의 아름다운 풍경이 비현실적으로 느껴진다. 아련한 그리움과 예고된 비극의 분위기가 정체를 밝히지 않고 실루엣으로만 서서히 드러난다. 산속에 울리는 하모니카 선율과 바이올린의 화음이 폐부 깊숙이 스미며 상처를 콕콕 찌르는 슬픈 멜로디는 위대한 자연 앞에 유한한 인간의 운명이 예고되고 있음을, 그래도 이 순간만큼은 다시 돌아올 수 없는 소중한 시간임을 속삭이는 목소리이다.

인물들에게서 굳이 비극적 조짐을 찾아내자면, 아름다운 화면과 대비되는 몸이 약한 엄마와 어린 딸 마농Manon의 강인하게 다문 입을 들 수 있다. 그리고 건장하고 넉넉한 웃음을 지닌 아버지 장Jean의 남다른 육체이다. 장은 꼽추라 놀림 받는 장애를 지녔다. 엄마가 남긴 농장으로 이사를 왔지만 마을 사람들은 장애를 지닌 외지인의 가족을 냉대와 무관심으로 대하고 농장을 싸게 사려고 계획적으로 파탄에 빠뜨리는 파페Papet와 그의 조카 위골랭Ugolin의 행위를 묵인한다.

파페와 위골랭은 수베랑Soubeyran 집안의 부흥을 꿈꾼다. 위골랭은 카네이션을 기르고 싶어 하는 덜떨어진 듯 순진한 청년인데 숙부 파페의 집념에 서서히 말려든다. 샘을 시멘트로 틀어막아 농장을 싸게 매입하려는 것이다. 결국 이들의 계략에 빠져서 농장은 피폐해지고, 장은 샘을 파기 위해 설치한 폭발물과 함께 생명을 잃는다. 단란한 가족은 사라졌지만 어린 마농은 끝내 도시로 떠나지 않고 산속에서 살아남는다.

여기까지가 1부의 이야기이다. 약 3개월 뒤 개봉한 2부는 10년의 세월이 흐른 이후이다. 마농은 양치기로 생계를 유지하면서 야생적 매력을 지닌 여인으로 등장한다. 위골랭은 부자가 되었지만 밤낮으로 일에 매진하며 단조로운 생활을 영위할 뿐이다. 그러다가 마농이 목욕하는 장면을 엿본 후 새로운 삶을 소망한다. 마농을 행복하게 해주고 싶지만 사랑하는 여인이 그에게 복수심을 품고 있음을 알고 진정으로 회개하며 용서를 빈다. 위골랭은 식음을 전폐하고 사랑에 매달리지만 거절당한다. 결국 위골랭은 마농의 아버지를 죽음에 이르게 한 자신의 잘못을 후회하면서 고통스러운 죽음을 선택한다.

조카 위골랭의 처참한 죽음의 충격에서 헤어 나오지 못하는 파페에게는 새로운 형벌이 준비되어 있다. 젊은 시절 사랑했던 여인이 낳은 아들의 이야기이다. 결국 자신의 핏줄인 선량한 장을 꼽추라고 비웃고 괴롭혔음을 알게 된 아비의 고통이 따른다. 그토록 갈망했던 혈육을 죽음으로 내몬 장본인이 자신인 것이다. 순진한 위골랭을 비극적 주인공으로 만든 것도 수베랑 가문의 영광을 되찾겠다는 집념 때문이었는데 그 파렴치한 행위로 자신의 아들을 죽인 것이 아닌가!

영화 주제곡OST이 삶의 비의秘意를 내뿜으며 파페의 유언장처럼 흐른다. 남편에게 임신한 몸을 의지하며 행복한 표정으로 걷는 마농이 나타난다. 그 모습을 멀리서 바라보며 파페가 할 수 있는 일

은 '사랑하는 손녀에게 전 재산을 남긴다'는 유언장을 작성하는 일
뿐이다. 영화는 그렇게 막을 내린다.

집의 무게와 가족의 굴레

—

길버트 그레이프

원제 ι What's Eating Gilbert Grape

감독 ι 라세 할스트룀Lasse Hallström

미국

1993

—

꽃게찜을 대접하겠노라 친정 부모님을 모시고 늦가을 대천으로 떠났다. 막상 대접은 초라했지만 만추晩秋는 풍성했다. 공주에는 된서리가 내렸는데 대천의 가로수와 칠갑산의 가을 단풍은 몰락을 향한 절정의 색채가 찬란하게 불타고 있었다. 노환의 부모님과 함께하는 길 떠남은 늘 지상에서의 마지막 여행처럼 절박했다. 무사히 마칠 수 있을까? 작은 사고가 조마조마 따라붙는데 이번에도 예외는 아니었다. 친정 엄마가 차멀미를 하면서 게워낸 토사물을 치우느라 버린 봉투에 틀니가 섞였다는 사실을 뒤늦게 알아채는 바람에 우왕좌왕하다가 저녁 시간을 놓쳤다.

이튿날 100킬로 가까이 반복하면서 오던 길을 되짚어 일곱 개의 쓰레기통을 뒤져서 찾아낸 틀니는 반전의 선물이 되었다. 꽃게찜 대신 틀니로 남은 가족 여행은 1박 2일의 밋밋했던 코스에 추억의 무늬를 강렬하게 새겼다. 토사물과 뒤섞인 틀니를 찾아내 마침내 엄마에게 드릴 때, 박하사탕의 향이 막힌 가슴을 뚫었다. 그 개운한 쾌감. 여행을 통해 가족으로 지워진 삶의 무게를 조금이나마 덜고 싶었던 나의 불순한 욕망은 그만큼의 적절한 대가를 치른 셈이다.

〈길버트 그레이프〉는 가족의 굴레에 갇혀버린 길버트Gilbert의 일상을 다루는 무겁고도 진지한 영화이다. 그 무게감을 화려한 색감과 발랄한 대사가 받쳐준다. 젊은 시절의 조니 뎁Johnny Depp(길버트 역)과 디캐프리오Leonardo DiCaprio(어니 역)를 보는 재미가 쏠쏠하다. 잘 생긴 데다 연기력까지 갖춘 두 배우의 얼굴에는 낯선 매력이 넘친다.

엄마의 몸무게를 감당하지 못해 삐걱거리고 무너져 내리는 이층집은 아버지의 유산인데 길버트의 가족은 흔들리는 그 계단처럼 아슬아슬하게 하루하루를 보낸다. 그러니까 균열 중인 집은 길버트 가족의 현실에 대한 비유인 셈이다. 생의 무게를 감당하지 못해 스스로 목숨을 끊은 아버지 대신 집을 책임져야 하는 길버트의 힘든 일상을 연상시킨다. 감당할 수 없는 생의 무게감은 고도 비만인 엄마의 몸으로 표현되는데 길버트는 집의 일부가 되어 움직임이 힘든 엄마 대신 장애가 있는 남동생 어니Arnie를 보살펴야 한다. 어니는 열 살을 넘기기 힘들 거라는 의사의 말을 비웃듯 다행인지 불행인지 열여덟 살 생일을 앞두고 있다. 어니의 생일 파티를 준비하는 가족들의 들뜬 분위기에 길버트는 진심으로 맞장구를 치지 못한다. 집을 떠나고 싶다는 마음을 억누르지 못해 내적 방황을 앓고 있기 때문이다.

가족을 팽개치지 못했지만 길버트는 스스로 좋은 사람이라 생각하지 않는다. 유부녀의 유혹에 넘어가서 부적절한 관계를 맺어 왔고, 가끔은 장애인 남동생이 차라리 죽었으면 좋겠다는 생각도 한다. 자신의 몸치장에만 관심 있는 여동생을 보면 울화가 치민다. 의무에 얽매어 억지로 가족과 살고 있는 자신이 싫은 것이다.

길버트가 진정으로 원하는 게 무엇일까? 여자 친구의 물음에 길버트는 가족이 함께 살 집과 여동생의 취직 그리고 엄마가 에어로빅이라도 다녔으면 좋겠다고 말한다.

"너를 위해 원하는 건 뭐야?"

오래도록 망설이다가 찾아낸 길버트의 진정한 욕망이다.

"나는 좋은 사람이 되고 싶어."

길버트가 좋은 사람이 될 수 있을까?

그래서 영화의 원제목도 'What's Eating Gilbert Grape'(길버트 그레

이프를 힘들게 하는 것이 무엇인가)이다. 길버트에게 '좋은 사람'이란 가족을 사랑으로 감당하는 사람인데, 자신이 없는 것이다. 지하실에서 시체로 발견된 아버지와 그 충격으로 7년째 두문불출 집에 머무르며 살이 찐 몸 때문에 한 발자국도 움직이기 힘든 엄마가 그렇다. 게다가 형은 가족의 무게를 감당하지 못하고 집을 나갔으니, 길버트는 어린 나이에 가장의 역할을 떠맡았다.

길버트는 좋은 사람이 되고 싶다는 욕망과 가족이 주는 압박감 사이에서 고통스러워하지만 아픈 만큼 성장하고 가족애의 의미는 확장된다. 자신의 존재 가치가 결국 엄마와 동생들 때문임을 길버트는 감지하고 있었다. 여자 친구를 만나달라고 엄마를 설득하는 건 이 때문이다. 좋은 사람이 되고 싶다면 가족을 부끄러워해서는 안 된다는 걸 깨달은 것이다. 하지만 자신의 내적 욕망에도 솔직해야 좋은 사람이 될 수 있다는 걸 길버트는 어렴풋이 안다. 집을 떠나고 싶다는 내적 욕망은 베키Becky와의 만남을 키워나가는 힘이 되고 새로운 성장의 원동력이다.

여자 친구 베키와 바라보는 집은 낯설었다.

짓눌려서 막막하고 두려움의 대상이었던 집이 작고 초라하게 보이는 것이다.

"이렇게 작다니…." 길버트의 놀라움은 곧 자각이다. 가족의 무게에서 벗어나는 출구가 보이는 것이다. 길버트를 힘들게 하는 것은 집(가족) 자체가 아니라 혼자서 감당해야 한다는 두려움일지도 모른다. 가족을 책임진다기보다 함께 살아간다는 자각, 장애인 동생의 보호자가 되어 놀림을 받거나 폭행당하지 않도록 방패막이로서의 동행자가 되는 것에 대한 자각이다.

길버트는 마침내 집을 떠난다. 집을 불태워 엄마의 시신을 장례지내는 장면은 처절하지만 외롭지 않다. 엄마가 구경거리가 되지 않길 바라는 길버트 가족 모두의 마음이 모아졌기 때문이다. 길버트 가족들이 동행자로서의 새로운 해법을 찾아낸 것이다. 아버지의 집을 태우면서 아버지 대신 살아왔던 삶에서 벗어나 자신의 삶을 찾게 되는 비유적 장치는 이중적이다. 베키와의 지속적 만남에 대한 가능성 그리고 가족과의 동행.

가족이 함께 사는 이유는 무 토막 자르듯 단정적으로 말하기는 어렵다. 하지만 그 이유를 묻는 건 때때로 스스로 내적 욕망을 들여다보는 일이라 중요하다. 가족으로 인해 걸머진 짐만큼 내가 좋은 사람이 될 수 있다는 느낌, 그건 내적 욕망에 충실한 결과이다.

이 영화는 가족을 위해 감당할 수 있는 무게의 짐을 묻는다. 나아가 내가 감당할 수 있는 한계는 어디까지인가를 솔직히 묻는 것이 중요하다는 생각을 일깨운다. 때로는 불필요한 가족의 무게에 짓눌리지 않도록 통째로 불태우는 그런 행위도 필요하다는 생각 역시 깨닫는다. 내가 가지고 있는 불태워야 하는 집의 무게는 얼마인가?

영화관을 찾는 호사스러운 외출이 좋다

—

신과 함께—죄와 벌

감독 | 김용화

한국

2017

—

영화 한 편을 보기 위한 필요충분조건은 무엇인가. 여유로움이 가장 중요하다. 물론 경제적 여유도 무시할 수는 없지만 나의 경우는 시간이라든지 신체 조건이 더 중요하다. 갱년기 이후 건강이 일상을 좌우하는 경우가 많아졌다. 영화관에 쪼그리고 앉아 있는 두어 시간조차 견디기 어려운 상황일 때가 많은 것이다. 집에서 이불을 켜켜이 쌓아놓고 베개를 사방에 펼쳐놓고 몸을 지탱하면서 엎어졌다 누웠다, 늘어지게 몸을 뒹굴며 보는 편안함에 익숙하다 보니 지금은 영화관을 고집하지 않는다. 집에서 텔레비전 화면으로 보는 편안함이 좋은 것이다. 이런저런 이유로 영화관이 점점

멀어진다.

 그래도 오랜만에 가족이 뭉쳤다는 걸 증명하기 위한 호사스러운 외출을 포기할 수 없다. 연말연시에 영화관을 찾는 즐거움을 무엇에 빗댈까. 일출 여행도 좋을 것이고, 산사의 하룻밤도 의미가 있겠지만 갑작스런 선물처럼 누리는 영화관 동행의 작은 행복은 얼마나 감미로운가. 가족이 함께 본 영화가 늘어가는 뿌듯함은 열심히 참여한 독서 모임의 책 목록처럼 지치고 힘든 일상을 넉넉하게 만드는 든든함이다.

 흥행으로 치자면 〈신과 함께〉가 단연 최고였다. 〈명량〉(2014)에 이어 역대 한국 영화 흥행 2위를 찍었으니 더 이상 무슨 말이 필요하겠는가. 그러나 흥행 공학적 성공을 제작 목표로 삼아 만들어지는 천만 영화에 절대적 의미를 부여하고 싶지는 않다. 다만 시대를 반영하는 대중 코드에 가까이하고 싶을 뿐이다. 웹툰 애독자였던 지인 하나가 영화에 실망했다고 하는데 그 심정을 나는 안다. 나만의 해석과 상상이 만들어낸 문자 세계(만화는 문자와 그림이지만 영화에 비하면 문자에 가깝다고 할 수 있다)의 그 무한 상상력의 에너지가 영상 언어로 바뀌는 순간 묘한 배신감이 드는 경우를 체험했었기 때문이다. 특히 원작 웹툰에서 중심인물로 활약하는 진기한 변호사가 빠진 아쉬움은 충격적일 만하다. 각색을 통하여 웹툰의 평범한 인물이 영화에서 귀인으로 등장하는 설정 등 아쉬움을 달래기 위해 영화와 웹툰을 동시에 감상하기를 추천한다(아마도 웹툰에 더 끌릴 것이다).

영화는 충분히 흥미진진했고 무거운 주제의식을 가볍게 날리는 장점도 보여줬다. 전래 이야기에 익숙한 구성인 이승과 저승을 오락가락하는 설정이 친숙했다. 또한 지옥을 두려워하는 진지함을 일깨우기도 했다. 그러나 영화의 가장 큰 미덕은 삶과 죽음의 경계를 소재로 어떻게 살아야 할 것인가 하는 질문을 유도한다는 점이다.

영화 〈신과 함께〉 줄거리는 화재 현장에서 어린이를 구하고 사망한 소방관 김자홍이, 저승법에 의해 사후 49일 동안 7번의 재판을 거치는 과정을 펼친다. 살인, 나태, 거짓, 불의, 배신, 폭력, 천륜 7개의 지옥에서 7번의 재판을 무사히 통과한 망자만이 환생하여 새로운 삶을 시작할 수 있다는 설정이다. 한국 고유의 전통 설화에 신선한 상상력을 덧입혀 전개하는 저승과 이승 세계는 대체적으로 평범했다. 죽음 이후 북망산천을 어떻게 표현할까 내심 기대가 컸는데, 구름 위를 거닐며 이동하는 모습이나 저승사자의 옷차림 등 많은 부분이 식상했다. 염라대왕으로 분장한 이정재의 압도하는 카리스마가 흥미로웠지만, 민담에 등장하는 산신령 분위기 이상의 특별함은 없었다. 소년 가장이었던 김자홍의 사연이 주는 애절함이 영화를 이끌어가는 힘이자 반전이었으나, 삶과 죽음의 문제를 동원해서 전달하는 새로운 메시지는 없었다.

김자홍은 가족과 동반 자살을 감행했던 비극적 인물이었다. 어린 동생과 시력을 상실한 어머니의 병원비를 책임질 수 없었기 때문이다. 그 시도에 실패한 죄책감으로 평생을 지옥 같은 생활을 자처하였다. 밤낮으로 일하면서 돈을 모았고 주기적으로 남부럽지 않게 사는 것처럼 꾸민 편지를 써서 어머님께 보내드렸다. 소방관으로 많은 사람의 목숨을 구했으나, 10여 년 동안 동생과 어머니를 찾지 않았다.

김자홍이 환생에 대한 열망에 집착하는 건 어머니 때문이다. 용서를 받고 싶었던 것이다. 귀인으로 알았던 김자홍의 죄가 밝혀지는 과정에서 관객의 몰입도는 눈물 콧물을 섞어가며 높아진다. 소년 가장, 병든 어머니, 어린 동생, 차라리 죽음을 선택하고 싶은 절망적 상황에 어찌 공감하지 않을 수 있겠는가. 동생이 군대에서 억울하게 죽어서 요괴가 되는 장면까지 사건은 복잡다기하게 펼쳐진다. 김자홍 집안의 사연을 부각시키면서 군대의 의문사 문제를 끼워 넣은 설정이 관객의 심금을 울리는 데 기여했을 것임은 물론이다(영화의 완성도와 관객의 감동이 반드시 일치하는 건 아니니까).

『죄와 벌』은 러시아의 문호 도스토옙스키의 장편소설이다. 영화 〈신과 함께―죄와 벌〉을 보면서 자꾸 그 소설이 오버랩되었던 건 같은 제목 때문만은 아니다. 가난한 러시아 청년 라스콜니코프가 살인을 저지른 후, 가족을 위해 몸을 파는 여인, 소냐에게 구원의 가능성을 찾는 설정과 2018년 한국의 김자홍이 저승과 이승을 오가며 어머니에게 용서를 구하는 장면이 보여주는 '구원의 주제가 지닌 보편적 모성 이미지' 때문이다.

나의 삶을 '죄와 벌'로 심판받는다면 오늘 이 순간 그 주체는 염라대왕도 아니고, 저승사자도 아니고, 바로 '나 자신'일 것이다. 절대자나 모성에 기대지 않는 구원의 가능성을 찾을 때까지 헤매야 하는 이승 세계. '소냐'나 '어머니'처럼 지금 당장 끈끈하게 연결된 구원의 끈이 부재한다면 어쩌면 내가 구원자가 될 수 있는 가능성을 찾아내야 하지 않을까?

2018년 개봉된 〈신과 함께─인과 연〉에서 구원의 신파적 눈물 대신 천년 전의 업보가 발목을 잡는다. 업보는 스스로 갚아야 하는 것, 환생의 열망이 업보와 관련된 인연 때문인데 갈 길이 멀다.

불가능한 꿈을 꾸는 영화

—

웰컴 투 동막골

감독 | 박배종(박광현)

한국

2005

—

2010년, 친정 부모님을 모시고 금강산 여행을 다녀왔었다.

북한 땅을 밟고 그곳 사람들과 대화를 나눌 수 있다는 것만으로도 감격을 주체하기 힘들었다. 물론 민간인이 아닌 금강산 관광 요원이라는 제한이 있었지만 생애 처음 접한 특별한 세상, 북한에서 만난 사람 냄새는 순박했고 신선했다.

비무장지대를 넘어설 때의 두근거림은 오래전에 소식을 끊은 먼 일가친척 부엌살림의 닳아진 세월을 대면하듯 마음 한구석이 아련했다. 남의 살림살이 구경하듯 휙휙 지나치는 해외여행의 기분과는 확연히 다른 것이다. 궁금하고, 측은하고, 철조망을 치고 경계하며 살아야 했던 남북 현실이 무거운 감동으로 젖어드는 시간이었다.

북한 체제를 눈으로 확인할 수 있다는 기대감에 비장한 심경까지 드는 건 분단 세대의 감수성이다. 관광하듯 보여주는 곳만 며칠 겪는다 하여 고정관념을 뒤엎을 중요한 정보를 얻을 수는 없을지도 모른다. 하지만 이곳의 음식을 먹고 잠자리에 누워 체취를 느끼고, 땅과 바람 냄새를 맡으면서 새롭게 북한을 이해할 수 있으리라는 확신은 컸다. 황석영의 북한 방문기 『사람이 살고 있었네』(시와사회, 1993)를 읽었을 때의 경이감과는 완전히 질감이 다르다. 우선 가난했다. 어렵게 살아가는 모습을 만나며 안쓰러운 감정을 떨치기도 힘들었다. 그래도 그 사회를 '어떻게 긍정할까'에 초점을 맞춰 움직였다. 그래서인지 남녀노소에 칭하는 '선생님'이라는 호칭이 품격 있게 느껴졌고, 안내원들의 단정하고 고운 말씨가 마음에 쏙 들었다.

무한한 기쁨으로 들떠 있는 팔순의 아버지는 금강산을 동네 뒷산이나 계룡산쯤과 다를 바 없이 무심하게 등반에 열중할 뿐이었다. 어쩌면 불가침의 성역 같은 비장한 감회에 젖어 있는 것보다는 자연스러운 게 좋아 보일 수도 있다.

이후 개성에 갈 기회가 생겨서 선죽교(예상보다 너무 좁았던)를 건너 보았고, 기념으로 사온 도자기가 우리 집 유일한 거실 장식품이다. 그 후로도 조금씩이나마 북한과 만나는 연습을 멈추지 않았었다. 2015년 생애 최초 해외 여행지였던 베트남에서 북한 식당에 다녀왔던 것도 그렇다. 김치는 맛깔스러웠고 음식은 푸짐했다. 그때가 마지막이었다. 금강산 관광이 금지되면서 해외에서도 북한 식당을 만나기가 쉽지 않았다.

2017년 겨울, 블라디보스토크의 거리에서 만난 사람들은 화난 사람들처럼 표정이 굳어 있었다. 가까이서 보면 젊은 러시아 남자는 총을 멘 나치를 연상시켰고 아름다운 금발의 여인들조차 조각상처럼 표정이 굳어 있었다. 2018년 1월 그곳에서 만난 북한 식당 역시 표정이 무거웠다. 러시아어와 영어와 한국어가 자유롭게 통용되는 식당의 분위기는 일제강점기 비밀 협상의 긴장감마저 감돌았다. 북한 사회의 불안함에 대해 조심스럽게 대화를 나누며 입에 맞지 않는 음식을 먹었던 기억이 지금도 혀끝에 감돈다.

2018년 4월, 김정은 국무위원장과 문재인 대통령이 7센티의 판문점 군사분계선을 넘어서 아버지와 아들처럼 무조건 얼싸안고 속내를 나눌 줄을 그때는 짐작조차 할 수 없었다. 북한의 경제 파산과 요동치는 국제 정세가 늘 불안했는데, 핵 포기 선언이 이렇게 빨리 올 줄을 그때는 짐작조차 어려웠다.

〈웰컴 투 동막골〉은 분단 시대의 아픔과 6·25전쟁의 후유증을 들먹이지 않는다. 비극적 시대의 배경을 생생하게 보여주지만 북한과 남한과 유엔군에게 이데올로기의 잘잘못을 따지지도 않는다. 동막골이라는 마을이 있었는데, 이곳에서 평화롭게 살아가는 순수한 사람들이 있었는데… 이런 식으로 옛날이야기를 하듯 그들의 공간을 보여주는 것이다. 동막골은 6·25전쟁의 비극적 현실을 극복하고, 민족적 트라우마를 치유하기 위한 환상의 공동체 마을이지만 비무장지대를 상징한다고 말할 수도 있다. 상상 속에서 꿈꾸는 민족 화해의 공간이 반드시 필요했기 때문이다. 남과 북이 연합군까지 불러들여 국토를 시도 때도 없이 총알이 난무하고 전투용 비행기가 날아다니고 대포와 수류탄이 폭발하는 쑥대밭으로 만들어도 건강함, 순수함을 까딱없이 지킬 수 있는 공간이기도 하다. 이 영화 촬영지가 하필 2018 평창동계올림픽 개최 지역이라고 하니, 감회가 새롭다.

6·25전쟁 와중인 1950년 한반도의 산골 마을.

이곳에서는 바깥세상과 무관하게 태평스럽게 농사를 짓고, 마을회의를 하면서 인간의 본심을 잃지 않고 있다. 한강 폭파 명령을 수행한 후 자책감으로 스스로 목숨을 끊으려다 흘러들어온 국군 소위 표현철과 문 상사 일행이 등장한다. 패배한 전투에서 동지들의 죽음을 보면서도 구하지 못하고 살아남은 스스로를 용서하지 못하는 인민군 리수화도 마찬가지다. 이 적군의 복장들은 모두 길을 잘못 들어 헤매다 동막골에서 마주친다. 연합군의 스미스까지 합류한다. 이들의 만남으로 긴장감은 극도로 고조되지만 웃음을 유발한다. 총을 본 적도 없는 동막골 사람들 앞에서 수류탄, 총, 철모, 무전기 따위의 특수 장비들은 아무런 힘도 못 쓰는 신기한 물건에 불과했기 때문이다.

그러나 결국 전쟁의 긴장이 동막골까지 덮치고 말았으니. 동막골에 추락한 미군기가 적군에 의해 폭격됐다고 오인한 국군이 마을을 집중 폭격하기로 결정한 것이다. 이 사실을 알게 된 국군, 인민군, 연합군은 힘을 합쳐 동막골을 구하며 스스로를 희생한다. 동막골이라는 공간이 상징하는 순수함과 유쾌함을 더욱 빛나게 하는 것이 바로 '분단 시대'의 아픔이다. 전쟁의 소용돌이 속에서 발견한 아름답고 맑은 마음은 이제 현실적으로 존재할 수 없을지도 모른다. 그렇다고 꿈도 꾸지 말라는 법은 없다. 동막골 주민들 같은 순수함을 모아 통일 준비를 시작해야 할 것이다.

〈웰컴 투 동막골〉은 우리가 만나야 할 미래를 앞당겨서 보여준, 불가능한 꿈을 꿀 수 있어서 행복했던 영화였다. 어쩌면 그 꿈은 우리의 예상보다 빨리 현실화될지도 모르겠다. 통일 철도를 지나 블라디보스토크에서 모스크바 횡단열차로 유럽까지 기차 여행을 할 수 있는 날이 다가오고 있지 않은가?

엄마 찾아 삼만 리

—

우리는 형제입니다

감독 | 장진·정혜경

한국

2014

—

좋은 영화란 잔상을 놓치지 말아야 한다. 그 장면들은 된장국처럼 개운하게 속을 풀어주거나, 커피 향 여운이 남는 장면일 수도 있지만 때로는 슬프고 무서운 장면일 수도 있다. 중요한 건 그 장면들을 통하여 잊고 살았던 무지갯빛 하늘의 시선을 선명하게 만난다는 점이다. 반복되는 일상에서 놓치게 되는 것들, 이를테면, 공기처럼 무심히 잊고 살던 가족의 추억을 떠올릴 수 있는 것처럼 말이다. 작품 자체의 완성도도 중요하지만 관객의 입장에서 주체적으로 내안의 숨겨진 보석을 발견하는 계기를 만들어주는 것이 더 중요할 수도 있다.

장진·정혜경 감독의 영화 〈우리는 형제입니다〉를 읽는다.

오감五感에 하나를 더한 육감六感까지 끌어모아 읽는다. 재회 스토리의 구성으로 전개된 형제의 파란만장한 성장 과정을, 미국과 한국을 오가며 시공을 녹여낸 세월을 읽는다. '영화를 본다' 하지 않고 '읽는다'고 하면 능동적인 해석으로 스크린의 시점이 풍요로워진다.

생활고에 지친 엄마가 형제를 고아원에 맡긴 게 시초다. 이후 30년의 세월이 흘러 미국으로 입양을 간 형(조진웅 분)이 '우리는 가족입니다' 텔레비전 프로그램을 통해 동생을 찾아오는 것만 해도 충분히 드라마틱하다. 한국에 남은 동생(김성균 분)은 치매 증상의 엄마와 살고 있었는데, 형제가 상봉하는 텔레비전 녹화장에서 엄마가 사라지는 엉뚱한 사고가 발생하는 것이다. 이후 엄마를 찾기 위해 형제가 전국을 헤매는 장면은 관객들에게 빵 터지는 웃음을 연출한다. 위험천만의 고비마다 터지는 웃음은 일회용 폭소가 아닌, 두터워진 형제애를 지지하는 울타리가 된다. 30년 전의 기억에서 헤어 나오지 못하는 엄마(김영애 분)는 과거와 현재를 혼동함으로써 슬픈 해학을 유발한다.

자식을 고아원에 맡겼던 엄마의 애통함을 코믹하게 그려내는 장면도 특이하다. 기억상실의 장치 속에서 새롭게 떠올리는 모성애가 김영애의 맑은 웃음을 만나 서정적으로 피어났으니. 자식에게 콩깍지가 씌운 엄마의 일편단심은 치매조차 막지 못했던 것이다.

우리는 형제입니다.

영화를 보는 내내 뻥뻥 뚫리는 가슴으로 시원했다. 좋은 영화는 문자와는 또 다른 톤과 결로 세상을 안내한다. 고갈된 영혼에 물기가 흐르듯 막힌 문제가 풀리면서 세상이 달라 보이는 것이다. 나에게 이만큼의 숨통이나마 없었다면 인생이 얼마나 빡빡했을까. 좋은 영화를 만날 때마다 그런 생각을 한다.

각설하고, 〈우리는 형제입니다〉는 동네방네 입소문 내고 싶은 그런 작품이다. 아, 갑자기 더스틴 호프먼Dustin Hoffman과 톰 크루즈 Tom Cruise가 열연했던 〈레인 맨Rain Man〉(1988)이 생각난다. 자폐증의 형과 유산상속에만 관심이 있었던 동생이 잔잔하게 키워내는 형제애는 섬세한 내면의 미묘한 흐름을 천천히 응시한다. 진지하고 개성이 톡톡 튀는 형제들의 이야기를 담은 〈레인 맨〉의 안정감 있는 구성은 폭소나 눈물 없이도 몰입도가 높은 영화이다.

〈우리는 형제입니다〉의 깨알 재미를 찾아보자.

우선 유년의 기억을 해석해내는 시간들을 찾을 수 있어 좋았다. 흐릿하게 지워진 기억들이 또렷하게 피어오르는 순간들, 영상의 틈새로 남동생들의 개구쟁이 모습이 천천히 다가왔다. 유년기를 함께 보냈던 진한 정이 오래된 서랍 속 사진처럼 고스란히 드러나는 것이다. 잊었던 그리움들이다.

영화는 30년 이별을 배경에 깔고 시작한다.

형제의 고아원 시절 안팎 사연을 코믹하게 그려내면서도 눈물

샘을 자극한다는 데 이 영화의 진가眞價가 있다. 우격다짐으로 키워내는 유치찬란하면서도 끈끈한 형제애를 스멀스멀 조명한다. 고아원에 아이를 맡긴 후 가슴 아파하는 엄마의 마음도 동시에 보여준다. 치매 증상(가끔 정신이 돌아온다)에도 기억의 줄을 단단히 잡고 있는 어린 자식에 대한 엄마의 보호 본능은 가슴 뭉클하게 그녀의 존재 이유를 묻는다.

엄마는 성인이 된 아들을 여전히 30년 전 개구쟁이로 대함으로써 지난했던 모자母子의 상봉을 유년시절로 돌리는 특별한 장면으로 부각시킨다. 그 드라마틱한 상봉을 위해 병실 앞까지 왔지만 형은 막상 문턱을 넘지 못하고 머뭇거린다. 30년이 지난 아들 얼굴을 엄마가 알아보지 못할까 두려운 것이다. 헤어진 아픔보다 서로를 알아보지 못하는 순간이 더한 쓰라림이 될지도 모른다. 이때 던지는 김영애의 대사가 하이라이트이다.

"니들 또 싸웠나? 괘안타."

두 아들을 끌어안으며 던지는 이 대사, '앗, 이거다'라는 탄성이 절로 나왔다. 30년 세월을 뛰어넘는 엄마의 천연덕스러운 마음이 고스란히 전달된다. 엄마와 이어진 탯줄을 보여주는 듯했다.

형제끼리는 집 안에서 늘 싸우지만 밖에 나가는 순간 방패막을 형성하면서 오히려 우애가 더 돈독해지지 않던가. 유년 시절, 집집마다 흔했던 풍경이다. 내 밑으로 남동생 둘이 있었는데 성격이나 외모나 모든 면에서 천양지차였다. 날마다 죽기 살기로 싸우던 모습. 밖에 나가면 둘이 한편이 되어 또 쌈박질을 하던 모습이 끈 끈한 잔영으로 겹친다.

가족영화의 사회·역사적 배경은 헤어짐과 만남의 과정에 설득 력을 주는 장치가 된다. 이 영화 역시 6·25전쟁 직후 고아원의 생 생한 실태, 학대받는 입양아, 고위 정치인의 장례식과 조의금 봉 투, 터미널 도둑 등 다양한 사회 풍자를 시도한다. 특히 방송국을 나온 엄마가 형제를 맡긴 고아원을 찾아다니며 봉투를 꺼내 주는 장면은 그녀의 행방을 알려주는 재치 있는 구성이다. 정치권에 대 한 풍자와 아들을 향한 모정을 코믹하게 담아내어 통쾌한 웃음을 선물한다.

미국 입양 이후 30년 만에 나타난 형은 진정성이 몸에 배어 있 는 목사의 풍모였다. 고아원에서 도망쳐 밑바닥 인생을 살다가 무 속인으로 자리를 잡은 동생은 형의 진지하고 품격 있는 태도에 적 응하기 힘들 만큼 언행이 거칠다. 목사인 형은 무속인의 동생에게 선뜻 다가서지 못하며 혼란을 느낀다. 좋은 환경에서 엘리트로 성 장한 것처럼 비치는 형에게도 가슴 아픈 사연이 있었다.

입양 이후 동생에게 빚진 마음을 품을 수 있을 만큼 행복하게 살았던 세월은 아주 짧았다. 양아버지는 사고로 가족(아내와 딸)의 죽음을 겪은 이후 알코올중독자가 되었고, 그 원인을 입양한 아들 때문이라며 잔인하게 학대했다. 형은 동생 대신 '겪는다'는 마음으 로 혹독한 세월을 견뎠다. 이후 갱이 되었고 살인 사건으로 20년

복역을 하다가 교도소에서 목사 안수를 받았던 것이다. 결혼 이후 피해자의 아들을 입양했는데 불치병으로 골수이식을 준비하고 있다는 말을 할 때는 영화의 분위기가 어둡고 무겁게 흐른다.

칼 든 깡패를 제압하는 싸움 실력과 온몸의 문신은 형의 과거를 증명하는 장치가 되고, 형제가 성장 과정에서 겪은 아픔을 나누는 거멀못이 된다. 터미널에서 만난 도둑 형제조차 구수함으로 녹아나는 가족의 풍경도 있다. 목사와 무속인이라는 직업의 차이나, 한국과 미국이라는 거리는 더 이상 문제가 아니다. 엄마의 장례식을 기독교식 기도와 무당의 굿거리로 화합하면서 둘은 서로를 인정한다. 무속인 동생의 휴대폰에서 터지는 찬송가 벨소리나, 목사인 형의 성경책에 끼워진 부적이 서로를 확인하는 정표가 된다.

영화는 말하고 싶은 것이다. 불신과 머뭇거림을 털고 '우리는 가족입니다', 그러니 서로의 손을 잡아 보라고. 고레에다 히로카즈是枝裕和 감독의 가족 영화 메시지도 이와 동일하지만 편집과 진행은 보다 냉철하다. 현대인에게 가족이란 무엇인가 묻는 섬세함 속에서 거울을 들여다보듯 세태를 반영한다. 그의 영화로는 〈그렇게 아버지가 된다そして父になる〉(2013), 〈아무도 모른다誰も知らない〉(2005), 〈어느 가족万引き家族〉(2018) 등이 있다.

빌리 엘리어트의 춤에는
함께 비상하는 조력자의 꿈이 있다

—

빌리 엘리어트

원제 ı Billy Elliot

감독 스티븐 돌드리Stephen Daldry

2000

—

빌리Billy는 평범한 소년이다. 아니, 형과 아빠처럼 씩씩하지 못한 소심한 소년이다. 음악을 좋아하고 치매기가 있는 할머니를 돌보며 엄마의 부재에 익숙하지 않은 외로운 소년이다. 권투를 배우면 남자다워질 거라는 아빠의 바람대로 체육관에 다니지만 늘 맞기만 하는 권투가 싫다. 하지만 남자라면 누구나 견뎌내야 할 통과의례로 여기며 고단한 체육관 생활을 감당한다.

어쩌면 기회는 누구에게나 주어지는 손바닥에 쥐어진 그 기회를 단단히 붙잡느냐 흘려보내느냐는 간발의 차이일지도 모른다.

그 간발의 차이를 우리는 흔히 '운명'이라고 말한다. 가난한 탄광촌의 빌리에게 뜬금없이 발레와의 만남이 주어진 과정 자체가 그렇다. 체육관을 반으로 나눠서 권투와 발레 교실로 사용하고 있었기에 가능했던 것이다. 그날 빌리는 체육관에 들어가기 싫어 미적거리다가 우연히 발레교실에 발을 들였고 호기심을 가지게 된다. 그날 빌리에게 열린 새로운 세계는 바로 그 기회를 만나는 순간이었다.

발레 선생은 동네에서 '이상한 여자'로 통하는데 막가파 인생처럼 험악하다. 수업 중에도 담배를 피우면서 스파르타식 수업을 진행하는 생활에 찌든 우울한 여성처럼 보일 수도 있다. 발레 교습을 하고 있지만, 막장에서 석탄을 캐는 광부 못지않게 그녀 역시 거칠고 퉁명스럽다. 예쁜 발레복을 입고 기계적으로 손과 발만 움직이는 소녀들에게 불만이 많아 보인다. 예술가의 비전도, 결혼 생활의 행복도 잡지 못한 우중충한 인생의 전형이다. 하지만 그녀는 빌리의 내면에서 춤에 대한 꿈틀대는 열정을 볼 줄 아는 전문가임을 입증한다. 강력하게 꿈을 간직했던 자만이 다른 사람의 내면에 담긴 그 열정을 감지할 수 있는 법이다. 다행히 빌리의 할머니는 손주의 꿈을 지지한다.

광부일을 하는 아버지와 형이 빌리의 꿈을 무시하자 느릿느릿하게 그러나 설레이는 표정으로 말한다.

"내 꿈은 발레리나였어."

이 말 한마디가 지렛대의 힘으로 작용한다. 그 후 할머니의 젊음과 꿈은 삶의 품격과 통하는 징검다리가 된다. 꿈을 가졌었다는 것만으로도 할머니의 풋풋한 소녀 시절의 아름다움을 떠올리게 하지 않는가.

빌리의 친구 마이클Michael 역시 조력자이다. 여자 옷을 입고 화장하는 것을 좋아하는 이 소년은 빌리에게 깊은 애정을 보이면서 그의 발레 동작을 사랑한다. 춤추는 것을 보여달라는 부탁에 답하는 빌리의 행복한 춤동작이 일시 정지한다. 갑자기 체육관 문이 벌컥 열리면서 아버지가 등장한 것이다. 빌리는 언젠가 이런 순간이 올 것을 예견했다는 듯, 피하지 않고 본인이 잘할 수 있는 일이 무엇인지 아버지 앞에서 실력을 보여준다.

넓은 체육관에 울려 퍼지는 발소리와 춤동작, 무반주 발레 공연은 아버지에게 충격 효과로 작용한다. 빌리는 이제 품 안의 어린 아이가 아니고, 확고하게 자신의 길을 정했음을 몸으로 증명해 보인다. 빌리의 진심을 깨달은 아버지는 자식의 꿈을 지원해야 한다는 의무감을 실천한다. 탄광 노동자로서의 자신의 삶은 이제 막바지에 이르렀고, 엄마가 살아 있었다면 빌리를 지원했을 거라는 말에 동의한다. 비록 아버지 몰래 발레 교습을 받았지만 빌리는 틈틈이 자신의 의견을 소심하게 전달하고 있었기에 결정적인 순간을 맞이한 것이다.

빌리가 등장하는 〈백조의 호수〉는 남성 무용수 중심으로 재구성된 작품이다. 부드럽고 우아한 여성적인 춤동작에 보다 강렬하고 힘찬 아름다움을 선보였다는 평가를 받는다. 이 영화의 마지막은 빌리가 한 마리 백조처럼 힘차게 허공을 박차고 뛰어오르는 동작이다. 이 장면은 결국 빌리의 꿈이 어떻게 성장했는가를 열린 결말로 보여주는 것이다. 하지만 빌리의 성공을 말하는 것에 그치지는 않는다. 춤추는 뒷모습을 화려하게 클로즈업한 장면의 여운은 우리들의 몫이다. 빌리의 비상하는 춤에는 윌킨슨Wilkinson 선생님, 마이클, 아버지와 형 그리고 할머니 등 화려하게 스포트라이트를 받지는 못했지만 꿈을 지니고 살았던 조력자가 있었음을 시사한다.

우리가 원하는 바람직한 가족이란 서로에게 조력자로서 존재하는 것이다. 가족이 가장 든든한 조력자가 될 수 있다면 얼마나 좋겠는가. 그렇지 않은 상황이 훨씬 많은 현실이 문제지만.

웃기는 자식이 되고 싶어요

—

두근두근 내 인생

감독 ı 이재용

한국

2014

—

죽음을 앞두고 1년만 다시 살 수 있다면?

세월을 되돌릴 수 있다면?

다시 돌아가고 싶은 시절에 대해, 내 인생의 가장 아름다웠던 순간, 그때가 언제일까 생각해보는 것, 영화는 답이 없는 물음을 준비한다. 현문우답을 지켜보는 즐거움은 오롯이 관객의 몫이겠지만.

필자는 이 영화를 접하기 이전, 김애란의 소설 『두근두근 내 인생』(창비, 2011)을 읽었고 평론을 쓴 적도 있다. 세상 끝 절망을 감당해야 하는 무겁고 슬픈 가족 이야기를 담담함과 웃음의 코드로 참신하게 처리한 작가의 순발력과 재기 발랄함에 매혹당했던 기억이 생생하다.

고백하자면 김애란의 장편소설과 영화의 만남은 썩 괜찮았다. 황순원의 「소나기」처럼 소설을 영상으로 바꾸는 순간 도둑맞은 느낌까지 들던 그런 실망감은 전혀 없었다. 그때는 문자언어가 강세였던 시대였고, 저예산 영화의 문제점이기도 했을 것이다. 작품이 강간당한 듯 수치심까지 일 만큼 제작의 문제가 심각하기도 했었다. 진짜배기의 아우라aura가 사라진 느낌을 요즘식으로 표현하면 내가 소유한 명품의 가치가 조악한 짝퉁으로 인해 훼손당한 그런 느낌일 것이다. 아무튼 영화와 소설의 서로 다른 질감을 떠올리면서 이 영화를 보는 분들에게는 소설 읽기도 권하고 싶다.

삶과 죽음을 진지하게 만드는 장면들은 위트와 순발력으로 처리된다. 가출을 꿈꾸는 '시발공주'(욕을 잘 해서 얻은 별명) 최미라(송혜교 분)와 체육고에서 퇴학당한 한대수(강동원 분)가 만나는 장면이 그것이다, 고교 시절에 연애를 하고 아름(조성목 분)을 낳는 장면도 마찬가지다. 여자 친구가 생기게 해달라고 비는 한대수에게 가수를 꿈꾸던 최미라가 강물에 빠지면서 알몸인 한대수와 물속에서 만나는 장면. 현실에서 둘의 만남은 집안 망신이고 풍기 문란이다. 하지만 아름이 상상하는 이 장면들은 부모와 자식이 관계 맺는 신비스러움으로 승화된다. 우연과 충동이 만들어내는 인생에 바치는 예찬에서 죽음도 예외는 아니다.

남녀의 만남과 잉태 과정이 이토록 우연적이고 가볍고, 그럼에도 아름다울 수 있을까? 인간이 세상에 태어난다는 건 주도면밀한 계획과 무관하다는 진실을 슬쩍 던져준다. 그러거나 말거나, 우연을 감당해야 하는 숙명 앞에서 인간의 삶은 더욱 위대한 것이다. 사랑과 잉태와 출생의 과정은 신화적이고 비현실성 없이는 존재할 수 없다는 것(복제인간, 시험관 아기, 인공수정 등의 가능성조차도). 그 안에 죽음이 없다면 '앙꼬 없는 찐빵'처럼 밋밋할 것이다.

철없는 풋사랑 임신으로 학업을 중단하고 대책 없이 아이를 낳게 된 어린 부모. 이들에게 부모의 자격 운운하며 손가락질을 하는 어른들 또한 오십보백보일 뿐이다. 그래서 '부모의 자격은 어떻게 주어지는가', '나의 탄생은 축복이었을까' 이런 문제를 끊임없이 곱씹게 이끌어주는 영화가 된다. 제목 '두근두근 내 인생'의 비밀은 철없는 부모와 조숙한 자식(17세로 인생을 마감하게 되는)이 새롭게 열어가는 가족의 재생산에 대한 희망이다.

"아빠, 젊다는 건 어떤 거예요?"

아름에게 1년이라는 세월은 남다르다. 희귀병인 조로증을 앓는 아름은 이 시기에 청춘과 노년의 죽음을 한꺼번에 겪는다(신체 나이 80세인 아름의 실제 나이는 16세이다). 독서와 글쓰기를 좋아하는 아름은 17세에 만나서 부모가 된 엄마, 아빠의 이야기(소설 「두근두근 한여름」)를 완성하면서 죽음을 맞이한다.

이 과정에서 아름이 겪는 아픔의 장면들이 눈물샘을 자극한다.

죽음에 이르는 희귀병과 싸우며 꿋꿋하게 일상을 즐기는 아름에게 닥친 어려움은 뜻밖의 사소함에서 비롯한다. 우리를 일상에서 가장 힘들게 하는 것이 거창한 문제가 아닌 우연히 마주친 말 한마디일 수 있음을 포착하는 장면이다.

배 속에 잉태한 자신을 없애려고 심하게 뛰었다는 엄마의 말을 그야말로 우연히 엿듣고 괴로워하는 아름은 그 말 한마디에 자신의 존재 전부가 무너진 것이다. 그래서 부모의 사랑과 탄생에 대한 이야기를 소설화한 '두근두근 한여름' 원고는 더 이상 진행이 불가능하다. 부모에게 고통만 안겨준 자신의 존재에 절망하면서 아름은 하염없는 자책감에 빠져들게 된 것이다.

입원비를 마련하기 위해 출연했던 텔레비전 프로그램을 통해 암 투병 중인 동갑내기 이서하와 만난다. 둘의 이메일 만남은 설렘과 기쁨이었다. 하지만 이서하가 시나리오작가 지망생인 중년 남자였음이 밝혀지면서 그 사기당한 감정은 청춘의 덧없음과 겹쳐진다. 하지만 우리의 주인공은 사랑의 무게중심을 '그대'가 아닌 '나'에게 둔다. 그리하여 아름은 착각일지언정 그 만남에서 가졌던 자신의 감정을 존중하고 이토록 큰 선물을 준 서하에게 진심으로 고마움을 전한다. 신기루 사랑처럼 청춘이 덧없다 해도 그 가치는 다른 무엇과 대체 불가능하다는 깨달음이다. 사람의 감정이라는 것이 상황에 따라 변한다 해도 그 순간의 감정은 거짓이 아니라는 자각이다.

옥의 티라고 할까. 아름의 부모 강동원과 송혜교가 너무 젊고 고와서 고생스런 부모 흔적이 덜 묻어나는 것이 아쉽다. 책으로 읽을 때는 상상력으로 충분히 넘어갈 수 있지만 영상 언어에서는 한계가 있는 것이다. 연기력이나 촬영 기법으로 가난과 생로병사의 고통에 대한 처절함이 좀 더 입체감 있게 표현되었으면 좋았겠다는 생각이 들었다.

"웃기는 자식이 되고 싶어요."

비극의 주인공, 아름의 소망은 이루어졌을까? <두근두근 내 인생>의 주인공은 아름인 동시에 철없는 부모인 엄마와 아빠이다. 그리고 아름이 떠난 자리를 채워줄 배 속에 있는 아름의 동생일 수도 있고 영화나 소설을 접하는 우리들 모두일 수도 있는 것이다. 자식이 되고 부모가 된다는 것은 각자 독립된 존재로 그들만의 방식대로 생을 사랑하며 살다가 홀로 죽을 수밖에 없는 유한한 존재라는 것도 보여준다. 그래서 더욱 '두근두근' 설렘으로 살아야 할 '내 인생'이 소중하다. 이 영화의 메시지는 진부하지만 유머 그리고 생명과 동의어로서의 청춘 예찬은 매혹적이다.

'똥주샘'을 만나지 못했다면

—

완득이

감독 | 이한

한국

2011

—

하나의 작품을 다양하게 만나는 특별한 인연이 있었다.

김려령의 소설 『완득이』(창비, 2008)가 '핵폭풍' 인기몰이 후 영화, 뮤지컬, 연극으로 재생산되면서 '완득이'를 연중행사처럼 접할 수 있었다. 이 책으로 독서 모임을 진행했고, 학부모 초청강연, 다문화 체험 학습 등 다양한 활동을 진행하였으니 많이도 우려먹은 셈이다. 하지만 아름다운 자태를 살포시 드러내곤 재빨리 날아가 버린 나비처럼 그 많은 사연들이 남긴 흔적은 어디에도 없다. 여운만이 맴돌 뿐이다.

〈완득이〉는 소설 원작이 이미 10년이 지난 작품이다. 2011년

스크린에서 김윤석과 유아인을 개인적으로 처음 만난 영화인데 이후 이들은 한국 영화의 주역으로 주목받고 있다. 김윤석은 '똥주' 역이나 〈1987년〉의 박처원 역에서 보여주는 유들유들하고 독선적인 이미지가 크게 변하지 않으면서 은은히 발효되어 깊어진 모습인데 유아인의 연기는 매력적이지만 아직은 깊은 인간미가 느껴지지 않는다. 이 영화를 최근 다시 보면서 순둥이 사춘기 반항아 캐릭터가 유아인의 튀는 외모와 잘 어울렸구나 싶다.

영화는 김려령 작가의 소설 원작에 충실했고, 김윤석(동주 역)과 유아인(완득이 역)의 연기는 의뭉하면서 톡톡 튀는 맛깔스러운 대화를 자연스럽게 소화한다. 필리핀 엄마와 신체장애인 아빠 사이에서 태어난 완득이, 그는 고등학교 2학년 때까지 엄마 없는 생활이 당연한 것처럼 살았고, 친구 사귈 줄도 모른 채, 존재감이 없어야 편안한 외톨이였다. 그런 완득이에게 변화가 찾아온 건 온전히 '똥주' 선생님 덕분이다.

동주 선생님은 과연 누구인가. 영화의 첫 장면에서 완득이는 동주가 죽기를 기도한다. 동주가 얼마나 악독한 사람인가보다는 호기심을 증폭시킨다. 알고 보니 그는 맥이 빠질 만큼 선량한 사회 선생님이자 외국인 노동자를 위해 일하는 사람이다. 그는 언어폭력과 몽둥이로 체벌을 행사하는 평범(2010년 이전 기준)하면서도 왠지 나사가 서너 개 빠진 듯 허우적거리며 등장한다. 그렇게 은근슬쩍 이어지는 장면은 전지전능한 구원자 역할이다. 완득이에게 얼굴도 모르고 자란 필리핀 엄마의 존재를 알려주는가 하면 평소에 화가 나면 강편치를 날리는 완득이를 킥복싱이라는 세계로 인도하며 진로를 코치한다. 완득이가 동주 선생님을 만나지 못했다면 과연 이런 일들이 가능했을까.

동주 선생님의 역할은 여기에 그치지 않고, 교회를 통째로 사서 그곳에 다문화센터를 만들고 완득이네 아버지와 엄마의 직장까지 소개해준다. 완득이가 똥주 선생님을 만난 건 노력이나 성실성과는 아무런 상관이 없다. 단지 운이 좋았던 것뿐이다.

완득이가 결혼이주여성인 자신의 엄마에 대해 가지는 감정은 매우 성숙한 것이다. 이를 간접적으로 보여주는 장면이 있다. 미술 시간, 밀레의 〈이삭줍기〉 그림에 대해 "뭘 봐"로 시작하는 해석은 엉뚱하지만 기발하다. 원작에는 없는 대사까지 이어진다. '가난한 나라에서 시집온 여성', '그 나라에서 배울 만큼 배운 사람들'이라는 교과서적인 표현을 유머에 녹여낸다. 이삭을 줍는 세 명의 여성을 싸울 준비하는 포즈로 묘사하는 것이다. 영화 전체에서 최고의 명장면으로 꼽고 싶은 건 이 말에 녹아 있는 완득이의 고뇌 과정을 영화적으로 형상화했음을 유추할 수 있기 때문이다.

다문화가정 청소년의 비율이 기하급수적으로 늘어나고 있다. 2050년이면 신생아 중 3명에 1명은 다문화가정 자녀일 것이며, 전체 인구의 10프로가 다문화가정이 될 것이라고 한다. 그보다 먼저

2025년이면 '다문화 군대'로 변화될 것이라 한다. 세계화 시대의 당연한 추세이다. 실제로 2017년 이후 중학교에서도 결혼이나 취업으로 외국에서 이주해온 가정의 자녀들을 학급당 한두 명씩 만나고 있다. 피부색이 다른 경우를 제외하면 눈에 잘 띄지도 않는다. 완득이처럼 한국사회에 완벽히 적응해서 살고 있는 것처럼 보이기 때문이다.

천안에서 만난 중학교 1학년 소녀 하와는 파키스탄 이주민 가족이다. 히잡을 쓰고, 이슬람 금식월인 라마단을 따르고 돼지고기를 먹지 않는다. 급식실에서는 하와를 위한 음식을 별도로 준비해 준다고 한다. 피부색이 거무스름하고 눈이 큰 하와는 한국인과 다른 자신의 모습이나 종교 행위를 당연시한다. 다문화 사회가 되면서 우리나라에서도 다양한 종교를 믿는 사람들을 볼 수 있다.

라마단은 이슬람교의 종교의식이자 축제로, 이 기간에는 해가 뜰 때부터 질 때까지 식사, 흡연, 음주 등을 할 수 없다. 하지만 해가 진 다음에는 자유롭게 먹을 수 있기 때문에 이슬람 교인들은 낮에는 단식으로 기운이 없지만 저녁에는 정상적인 생활을 한다. 종교에 따른 생활 방식의 차이는 자칫 갈등 요인의 소지가 될 수도 있지만 그렇다고 이들이 생활 방식이나 종교 생활을 포기하는 경우는 극히 드물다.

하지만 태국이나 필리핀, 베트남 엄마와 한국인 아버지를 만난 아이들 중에는 이주민 결혼가정임을 숨기고 싶어 한다. 외모만으로는 구별 짓기가 쉽지 않기에 충분히 그러고 싶을 것이다. 차이를 인정한다는 건 그것이 불러올 차별과 편견을 감당해야 한다는 것임을 체득하면서 보호 본능이 발동하는 것이리라.

'다문화'라는 말이 본래의 '다양한 문화를 존중하고 더불어 살아간다'는 의미를 살리지 못하고, 구별 짓기가 되어 또 다른 차별의 언어가 되고 있음은 우려할 일이다. 저학년을 위한 다문화 영화 〈황구〉(2013), 〈마이 리틀 히어로〉(2013)는 홍보영화의 성격이 강하고 차별의 민낯을 보여 불편하다. 〈완득이〉는 차별이 증발해 버린 자리를 이동주 선생님이라는 해결사가 대체하는 아쉬움이 있지만 볼거리, 생각할 거리가 많다. 이 영화는 가벼운 마음으로 접하면 장애인, 왕따, 다문화 등 다양한 사회문제를 체험하며 소수자 이해 감수성을 높여주는 장점이 있다. 하지만 소수자 문제를 대하는 구원자 방식의 해결은 마음에 들지 않는다. 주인공이 '완득이'가 아니라 이동주 선생님처럼 보이는 건 나만의 예민한 반응은 아닐 터이다.

〈빌리 엘리어트〉(2000)나 〈세 얼간이〉(2009) 등 역경을 딛고 꿈을 향해 달리는 성장 서사를 담은 캐릭터를 통하여 '다름'과 '차이'의 감성을 키워주는 것이 낫지 않을까 싶지만 아직까지는 다문화 영화 중 이만한 것도 없지 싶다.

나를 만나는 음식 여행

—

리틀 포레스트

감독 ı 임순례

한국

2018

—

영화는 손에 닿으면 온몸에 풋내 나는 물감이 묻어날 만큼 상큼하다. 제목처럼 '작은 숲'이 되어버린 풍경이 화면 곳곳에 배어버렸다. 진돗개 오구와 논두렁, 밭두렁 그리고 한옥이 담긴 풍경에 젊은이 셋이, 현실과 비현실의 아슬아슬한 경계에 끼어 있다. 계절 음식을 나누고 술을 곁들이며 노는 듯 보이는 이 젊은이들은 '진짜 해결해야 할 문제'를 아주 잊은 건 아니니까.

성인이 되어 다시 뭉친 삼총사 혜원(김태리 분)과 재하(류준열 분)와 은숙(진기주 분)의 만남은 별다른 사건이 없다. 복잡다기한 갈등들이 생략된 영상이 일기장에 옮겨진 시간들에 대한 수채화처럼 담담하다. 봄, 여름, 가을, 겨울의 시골 풍경과 어우러지는 계절 음식과 술잔을 주고받는 이들 삼총사는 내세울 바 없는 그저 그런 어중이떠중이 젊은이들이다.

알바를 하면서 임용고시를 준비하는 혜원처럼 취업 준비생의 고단함은 일상의 풍경처럼 흔한 일이고, 또한 힘들게 취업을 했어도 결코 해피 엔딩이 아니다. 재하는 직장 생활에서 느끼는 답답함과 염증에 사표를 던지고 귀농하여 사과 농사를 짓는 젊은이다. 어쩌면 이들은 실패자가 아니라 도시 생활에 적응하기를 거부하는 뚝심 있는 젊은이들일지도 모른다. 재하의 캐릭터는 농촌 청년이라기보다 클럽이나 카페에서 만남직한 신세대 이미지다. 은숙은 이들 중 가장 현실적인 캐릭터이다. 직장 생활을 때려치우기 위해서가 아니라, 지속을 위해 불평불만을 터뜨리는 비애를 알 만큼 세상사에 치이고 닳았다는 점에서.

영화는 땀 흘리며 일하는 순간을 포착하지 않겠다고 고집한다. 퇴근 이후, 음식을 만들어 먹으며 웃고, 수다 떨며 쉬는 시간만 카메라에 담을 뿐이다. 말하자면 <리틀 포레스트>는 꽃봉오리 젊음에게 바치는 힐링 영화이다. 일중독으로 살아온 세대가 이해하기 힘든 부분일 수도 있다. 힘이 있을 때 조금이라도 더 일해야 먹고살 수 있었던 세대에게 젊은이의 힐링 여행은 조금은 엄살 같고 낯간지럽기도 하다. 자전거로 달리는 혜원을 보며 아, 나도 저렇게 한번 살아봤으면 하고 솟구치는 울림이 있었다.

1980년대, 목숨을 걸고 시위에 앞장서는 선후배를 생각하면서 도서실에서 공부하는 것도 죄스러운 시절이 있었다. 노동자, 농민과 고통을 분담해야 한다는 당위성 앞에서 부끄럽지 않기 위해 무엇을 할 것인가 '고민을 위한 고민'에 빠졌던 적이 많았다. '커피 한 잔이면 보리쌀이 두 됫박'이라는 주장으로 자본의 힘과 독재 권력에 저항하려는 의지를 불태웠던 젊음이었다. 감옥에 잡혀가지 않고, 고문당하지 않고 해직의 칼날을 면한 것을 천행으로 여기면서도 양심의 가책으로 괴로워하던 시절이었다. 투쟁에 동참하면서 쫓기든가, 뼈 빠지게 일하면서 지원금이라도 보태든가, 이도 저도 못 하는 나약함을 자책하던 시간들.

임순례 감독은 〈남쪽으로 튀어라〉(2013)에서 일상의 숨통을 막아버린 듯했던 독재 권력의 감시와 부정부패와 비리 정치인과의 외로운 싸움을 벌이던 영화감독 이야기를 유머러스하게 담았었다. 1980~1990년대를 겪은 부채감을 그런 식으로 풀어냈을 것이다.

이제 세상이 바뀌었고, 젊음의 풍경도 많이 달라졌구나 싶다. 누구나 가능한 일이지만 아무나 할 수 없는 휴식에 대한 갈망과 구체적인 길을 안내하는 즐거움이 이 영화의 메시지일지도 모르겠다. 숲길과 논두렁길을 청아함으로 수놓으며 빛나는 영상으로 영화관을 가득 채우는 마법처럼 내가 만들어야 하는 작은 숲을 들여다본다. 오십 평생을 살아오면서, 요리란 당연히 함께 먹는 것이고 누군가를 위해 만드는 것이라 여겼었다. 그래서였을까. 음식을 통하여 나를 발견하고 키워내는 엄마와 딸의 이야기는 친숙한 듯 낯설었다.

영화는 엄마의 음식을 만들면서 엄마의 부재를 이해하고, 진정한 자아를 찾아가는 이야기이다. 엄마와 나 사이에는 20년의 몸으로 기억하는 음식들이 차곡차곡 쌓여 있다. 수능을 보는 날,

"잘 보고 와."

평소처럼 나를 배웅해주던 엄마가 편지 한 장만 달랑 남기고 어디론가 떠났다. 사랑하는 사람과의 부재는 이처럼 갑작스럽다. 예고가 없으니 준비가 불가능하다. 혜원이 견디기 어려운 건 엄마로부터 버림받았다는 느낌 때문이다.

"전부터 하고 싶은 일이 있었다."

그런 엄마를 인정하지 못하는 데는 이유가 필요 없다. 아버지도 없이 자란 단 하나뿐인 자식을 버린 엄마. 하지만 그런 엄마를 이토록 당당하게 그려내다니. 이 영화의 미덕은 여럿이지만 나는 특히 이 점이 무작정 좋다.

〈허브〉(2007)에서 엄마를 연기한 배종옥은 암으로 세상을 떠나면서 7세의 정신연령으로 살아가는 지체장애인 딸 상은에게 차근차근 이별을 가르친다. 우리는 엄마란 으레 그래야 하는 것처럼 알고 있다. 하지만 가끔 〈리틀 포레스트〉 같은 영화적 설정도 필요하다고 생각한다. 집 떠나는 엄마도 있지만, 현실에는 자식을

버리는 엄마도 존재하기 때문이다. 엄마에게 지운 무거운 짐을 더 이상 당연시하지 않았으면 좋겠다. 그런 의미에서 이 영화의 설정이 썩 마음에 든다.

음식은 엄마의 부재를 대신하는 기억이다. 음식을 만들면서 혜원은 엄마와 함께했던 시간들을 떠올리며 스스로 자신을 치유한다. 엄마에게 받은 것만으로도 고마워할 줄 아는 사람이 되어가는 중이다. 아무리 많이 받아도 고맙지 않은 엄마, 더 이상 보살펴주지 않는다고 엄마에 대한 원망과 미움을 키우게 되는 세월들. 혜원도 비슷한 과정이 있었다. 엄마와 함께했던 시간들은 행복했다. 아버지의 부재조차 문제가 되지 않았다. 아버지의 부재를 견디며 살았던 엄마의 삶에 대해 돌아볼 여유는 없었다.

그런데 엄마가 떠난 이후 한꺼번에 닥친 어려움은 힘겨웠다. 알바와 대학 생활, 그리고 이어지는 임용고시 준비는 순탄하지 않았다. 마음 한구석에 엄마로부터 버림받았다는 지독한 소외감이 있었다. 모든 것이 떠나버린 엄마 때문인 것처럼 여겨졌다. 음식이 목으로 넘어가지 않고 구토와 소화불량이 멈추지 않는다.

혜원의 갑작스러운 귀향은 결국 진정한 나를 심고 가꾸는 일을 배우기 위함이다. 양파를 심을 때 먼저 씨를 뿌려서 모종을 키우고 그 모종이 자라면 '아주심기'를 한다. 혜원은 자신의 삶에서 아주심기를 위해 할 일이 무엇인지 어렴풋이 이해하는 듯하다. '엄마의 숲'과 별개로 '나만의 숲'을 키워내야 하는 것이다. 혜원을 응원하는 마음으로, 작은 숲과 작은 숲 그 경계에서 피어나는 수많은 꽃들이 넘실대는 세상을 그려본다.

또 하나의 대안 가족을 찾아라!

—

굿바이 싱글

감독 | 김태곤

한국

2016

—

싱글은 외롭지만, 다양한 이유로 결혼이 점점 어려워지고 있다. 가족의 양상이 다양해지는 와중에 대안 가족을 통하여 싱글 탈출을 시도하는 영화가 등장했다. 이 영화의 절반은 새로운 가족 이야기지만, 절반은 아니다. 이들이 만든 대안 가족의 사연은 불량스럽고 수상쩍은 욕망에서 출발한다.

〈굿바이 싱글〉에는 김혜수(고주연 역)가 나온다. 싱글인 여배우의 자유분방한 일상을 천연덕스럽게 연기하는 김혜수는 자기중심적인 언행이 주특기이다. 그러니 오랜 친구이자 스타일리스트인 평구(마동석 분)는 이 철부지 여배우의 지라시나 연애 스캔들을 막아주기에 바쁘다. 영화의 절반 이상은 세상 물정 모르는 김혜수의 이런 행태와 겉멋 부리기에 바쳐진다. 가볍고 볼썽사나운 여배우의 섹시함과 화려함이 채우는 화면 속에 돌연 여중생 단지(김현수 분)가 등장하며 둘의 관계를 밀착시킨다. 이 영화는 조숙한 여중생 단지와 철부지 노처녀 고주연이 만나서 유사 모녀 관계로 성장하는 이야기를 담고 있는 것이다.

기세등등한 여배우가 영원히 내 편이 되어줄 가족이 필요함을 절감한다. 인지도는 하락하고, 사귀던 연하남에게 공개적인 배신을 당하자 배신하지 않는 사랑은 핏줄밖에 없다고 결론을 내린 것이다. 산부인과를 찾았다가 입양을 원하는 단지를 만나면서 이들의 인연은 시작된다. 아기를 낳겠다는 계획이 무산(조기폐경 때문에)된 시점에서 언니와 단칸방에서 사는 가난한 여중생 단지의 입양 사연을 접한 고주연은 그 아기를 자신이 키우기로 결심한다. 고주연과 단지는 갑을 관계로 비밀 거래를 하고 아기는 무럭무럭 자라지만 예상치 못한 사건이 툭툭 터진다.

주연이 거짓 임신을 발표한 후 인기가 치솟는 과정에서 단지와의 관계가 악화되고 비밀이 폭로된다. 매스컴에 폭로된 거짓 임신의 주인공 주연과 단지는 서로에게 이용당했다는 악감정을 지닌 채 헤어진다.

여중생의 임신과 출산의 문제를 공론화할 만큼 이 영화가 진보적 색채를 지닌 건 결코 아니다. 하지만 여자만 비난받는 모순을 꼬집는 참신함이 살아 있으니, 가령 주연이 단지를 감싸주고 아기 아빠에게 소극적 복수를 감행하는 부분들이다. 아기 아빠는 당당하게 하키 국가대표선수로 활동하는데 아기 엄마만 죄인이 되어 친구와 학교를 떠나야 하는 현실에 던지는 사이다 한 방은 통쾌하다. 하지만 주연 역시 단지에게 상처를 입혔음을 깨달았을 때 이들 관계는 모두 끝난 것처럼 보였다.

단지와 주연이 서로의 아픔을 나누는 존재로 거듭날 수 있었던 건 헤어진 이후이다. 단지에게 '기죽지 마라'고 했지만 낯선 곳에 방치한 채 자신만의 스케줄에 바빴던 주연은 뒤늦게 단지가 겪었을 외로움을 깨닫고 후회의 눈물을 흘린다. 단지는 부모에게 버림받고, 언니에게 짐짝처럼 얹혀살다가 주연을 만나 의지할 거처를 마련했던 것이다. 하지만 돈이 될 건수를 발견한 언니에게 강제로 끌려가면서 오해는 쌓이고 복잡하게 헝클어진다. 단지와 주연의 비밀 거래를 빌미로 돈을 요구하는 단지 언니의 협박이 이어지고 거짓 임신의 폭로로 주연은 배우로서의 부와 명예가 실추되고 무일푼 신세가 된다.

단지와 주연의 재회는 다소 신파적이다. 미술 대회에 참가하려는 만삭의 단지를 저지하는 학부모 앞에서 주연은 당당하게 보호자 역할을 자처한다.

"얘 이렇게 만든 놈은 국가대표 선수로 미국까지 갔는데 얘만…

애는 꿈도 못 꾸고 아무것도 하지 말란 말입니까?"

단지는 그림을 그리는 도중 진통이 와서 병원으로 실려 가고, 악의적인 동영상이 인터넷에 유포되면서 비밀 거래의 사연이 적나라하게 공개된다.

피를 나눈 언니는 주연을 협박하여 가로챈 돈으로 외국행 줄행랑이다. 생판 남인 주연이 전 재산과 명예를 걸고 단지와 그 아기를 지킨다는 이야기는 김태용 감독의 〈가족의 탄생〉(2006)과 같은 맥락이다. 가부장제 결혼에 집착하지 않는 또 하나의 대안 가족 이야기는 코믹하면서도 진지하게 코끝을 울리는 위력을 발휘한다.

해피 엔딩의 가족 이야기를 담은 마지막 장면은 수수하다. 주연을 떠났던 평구 가족과 소속사 관계자들이 모여서 먹는 밥알처럼 무채색이다. 갑을 관계가 아닌 또 하나의 가족. 주연은 '대한민국에서 최고 괜찮은 남자'라며 단지에게 자주 보라고 태교를 권유했던 그 뉴스 진행자와 데이트하는 사이가 되었고 독립영화의 단역으로 근근이 밥벌이를 한다(부와 명예와 인기를 잃었지만 또, 챙길 건 다 챙겼다).

일단 속 빈 강정의 화려한 싱글 탈출에는 성공한 듯하다. 미혼모인 주연과 단지가 대안가족이 되었으니까. 음, 그러니까 굿바이싱글은 '싱글'(정신적으로 독립한)에게 보내는 예찬인가, '대안 가족'에게 보내는 예찬인가, 조금 헷갈린다.

독박 육아와 모성애의 불편한 진실

—

미씽: 사라진 여자

감독 ┃ 이언희

한국

2016

—

여성의 불행이 재생산되는 불편한 진실.

이를 일깨우고자 작심한 이 영화는 나름 진지했다. 독박 육아, 양육권, 인권침해 등의 문제를 섬뜩하게 파헤쳐서 끝까지 밀어붙였다는 점에서 시사점은 일단 성공했다. 그러나 모든 문제 해결을 여성 자체에게 의존하는 듯한 '모성애' 코드는 끝내 공감하기가 힘들었다. 참혹하다 여겨질 만큼 무책임한 관찰자의 시선(의도된 연출인가?)이 원망스럽기까지 했으니 결말에서 두 여자가 서로 죽겠다며 바다를 향해 몸을 던지려는 위태로운 장면은 극적 긴장감을 불어넣기에는 역부족으로 보였다(나만 그런가?). 한매(공효진 분)의 왜곡된 모성애(한매)로 자행된 유괴 사건의 해결 방식을 한매와 지선(엄 지원 분)의 진정한 모성애로 그 출구를 찾는 듯한 연출이 시대착오 적이고 작위적인 느낌으로 다가오는 것이다.

지금 이 순간에도 이름 없이 사체로 떠도는 수많은 '한매의 아기 들'이 생겨나고 있지만 이를 모성애로 해결할 수 없는 건 자명하 다. 버려지거나 버려질 위기에 처해 있는 아기들과 여자. 제목 '사 라진 여자'는 그래서 충분히 의미심장하다(주제의식이 뚜렷하고 공효진의 연기가 소름끼치게 돋보인다). 혹시 이 영화가 오히려 맹목적 모성애를 경 계하라는 메시지가 아닐까 조심스럽게 운을 떼본다. 모성애가 여 성 억압 기제가 될 수도 있으니 제도적 해결책 모색이 시급함을 역설한다고 해석하고 싶은 것이다.

두 여성(시어머니와 아기들까지 포함해서 6명으로 읽을 필요가 있다)을 집중적 으로 조명하여 카메라에 담는다. 중국계 이주민 여성 한매와 광고 회사에서 비정규직으로 홍보담당 일을 하고 있는 '워킹맘' 지선. 한매는 갑자기 아기와 함께 자취를 감춰버렸다. 영화는 어둡고 음 산한 분위기 속에서 다각적으로 사회문제를 고발하는 제스처를 취한다. 유괴, 이혼, 워킹맘의 현실, 다문화 여성문제 등등. 진짜 엄마인 지선보다 더 정성스럽게 다은이를 돌보았던 보모 한매의 정체는 무엇인가? 비난받아야 할 유괴범인가, 왜곡된 모성에 집착 하도록 이용했던 우리 사회의 희생자인가. 카메라 렌즈가 추적하 는 여성들의 사연은 타자의 공감대로 온전하게 수렴될 수 있을까?

영화가 부여한 무거운 숙제가 버겁게 여겨진다.

　몸이 열 개라도 모자라는 헐레벌떡 워킹맘 지선은 엘리트 여성임에도 약자의 입장으로 부각된다. 부잣집 시댁에 잘나가는 의사 남편이지만 바람피우는 걸 용납할 수 없어 당당하게 이혼했지만 양육권을 빼앗길 위기에 처해 있다. 광고계에서 일을 하는 이 여성의 일자리는 더욱 위태롭다. "죄송합니다." 머리를 조아리며 정작 아기 얼굴 볼 틈도 없이 동분서주하지만 급여의 반 이상이 보육비로 나가고, 그나마 내일을 기약하기 어려운 비정규직.

　"우리 다은이 없으면 나 안 되는 거 잘 알잖아. 제발 다은이 내가 키우게 해줘. 당신 솔직히 애 한번 안아준 적도 없잖아."

　"…."

　정작 애정도 없으면서 위자료와 양육비의 빌미가 될까 우려하는 시댁과의 소송이 진행 중이다. 전남편은 방관자의 입장을 취할 뿐 상황은 여러 가지 이유로 지선에게 불리하다. 그 와중에 유괴 사건까지 발생하여 이제 지선의 양육권은 물거품이 될 처지에 놓여 있다.

　"이러다간 접견권도 보장받기 힘들어요."

　변호사조차 승산 없는 소송이라며 답답해한다. 믿었던 한매에게까지 배신을 당한 지선은 직장의 끈도 놓아버린 채 무작정 아이를 찾아 우왕좌왕 몸으로 뛸 수밖에 없다. 경찰, 가족, 직장 동료 그 누구도 지선의 편은 없다. 아이를 뺏기지 않으려는 자작극이라며 오히려 지선을 수배하여 수갑을 채우는 어이없는 일까지 벌어지는 상황. 경찰이나 변호사는 지선에게와 달리 시댁 인물들에게는 고분고분하다. 재력과 사회적 지위의 차별 속에서 블랙코미디의 웃음조차 터지지 않는 답답함, 울분, 먹먹함이 가슴으로 울멍울멍 파고드는 우여곡절 사연들은 몽타주 기법으로 빠르게 처리된다. 지선의 처지를 전면에 내세우고, 한매는 관찰자의 시점으로 풀어나간다.

이 영화의 하이라이트는 한매와 지선의 조응 관계에 있다. 지선은 한매의 고용인이었다가 유괴의 피해자가 되는가 하면 가해자로 역전되는 상황을 거치면서 한매의 짓눌린 고통에 젖어드는 느낌으로 다가간다. 결국 모성애를 매개로 한 '자매애'를 행복한 결말로 보여주지는 못했지만 한매를 향한 분노가 미약하나마 연대의 감정으로 전달되어 여운을 남긴다.

이주민 여성 한매의 사연을 추적해낸 지선의 표정에는 연민이 차오른다.

자신을 향한 연민과 분노의 감정에서 서서히 그녀를 향한 연민으로 변화, 성숙하는 미덕을 충실하게 살려낸다. 인천 중국인 거리, 아기가 입원했던 병원, 한매의 시댁인 충청도 시골, 병원비 마련을 위한 불법 업소와 장기 밀매 현장. 한매를 찾기 위해 추적했던 그 공간들을 더듬으며 한매의 처절한 삶을 확인하는 지선.

그러나 그 어디에도 한매는 없다.

한매를 통하여 대를 잇겠다는 시어머니의 집착과 방관자인 남편은 지선의 현재 상황과 흡사하다. 며느리로서나 아내로서의 존중은 털끝만큼도 없는 철저한 가족이기주의에 지선도 당할 만큼 당하고 있다는 점도 그렇다. 법은 오히려 이들에게 친절한 미소를 보인다는 점까지 철저하게 닮은꼴이다.

"착한 여자예요. 괴롭히지 마세요."

'착한 여자'이기에 이용당하고 버려지는 것인지도 모른다. 집 밖에서 만난 착한 이웃들은 그녀의 편이지만 직접 도와줄 힘이 없다. 착하고 성실하고 열심히 일하지만 누구보다 불행한 사람. 그녀는 장기 밀매까지 하면서 딸의 치료비를 마련했지만 결국 딸을 살려내지 못한다. 무책임한 한국인 보호자 남편의 강제퇴원 동의 때문이다. 시어머니는 "아이는 다시 낳으면 된다"며 죽어가는 딸아이를 방치했기에 그녀는 아이를 살리기 위해 가출을 감행하여 어눌한 말과, 왜소한 몸피로 사투를 벌였으나 역부족이었다.

합법 결혼임에도 가족의 보호를 받지 못했던 한매처럼 지선 역시 이혼녀로서 양육권을 보장받지 못해 애를 태운다. 한매에게는 법의 테두리 바깥에서 폭력이 자행됐다면 지선에게는 법의 이름으로 가해진다는 차이점이 있을 뿐, 숨겨진 잔인함의 논리는 같다. 힘이 없기 때문인 것이다. 한매는 죽은 아이의 복수를 감행하는데 희생자는 남편이다. 은폐된 가부장 사회구조의 문제를 인식하지 못한 응징은 불행한 폭력을 양산할 뿐이다. 약자에 대한 폭력이 부메랑이 될 수 있음에 대한 경고일 것이다.

하지만 한매에게 미안하다고 사과하는 지선은 이미 예전의 모습과 달라졌다. 영화는 진지하게 강요하고 있다. 먼저 여성이 변화해야 한다는 것을. 왜곡된 모성 애착에서 벗어나야 한다는 것을.

하지만 그 이전에 모성 인권이 어떻게 보호받아야 할 것인지에 대해서는 침묵을 지킬 뿐이다. 내 아이를 지키기 위해서는 우리 사회 아이들 모두가 행복하게 태어나고, 양육되고, 교육받으며 살아갈 수 있는 환경을 만들어야 한다는 것을 우리는 안다. 하지만 모성애라는 이름으로 그 책임을 여성만 감당해야 하는 건 부당하다. 모성애로 해결책을 말하는 건 더더구나 힘들게 살아가는 여성들을 두 번 죽이는 잔인한 행태가 아닐 수 없다.

가족의 절대적 가치는 사라졌는지도 모른다.

그렇다 해도 작은 위안(행복까지 기대하는 건 욕심이리라)이나마 기대할 곳이 마땅치 않은 답답함을 어찌할 것인가. 가족의 문제를 이혼과 다문화 이주여성과 연관하여 다양한 문제의식을 유발하면서 되씹게 만들었다는 점에서 이 영화는 존재감이 뚜렷했다. 그런데 왜 이토록 마음이 불편한지 모르겠다. 정작 달라져야 할 사람, 그들이 영화 화면에서처럼 여전히 방관자로 존재하기 때문인가?

코미디 영화와 살인의 몽타주

—

조용한 가족

감독 ı 김지운

한국

1998

—

폭염과 땡볕 더위에 시달리는 날들이 연일 이어진다. 열대야로 잠을 설치면서 멋진 휴가를 상상하는 것만으로도 즐겁다면 '영화 피서'는 어떨까? 필자는 냉방이 오싹한 극장 객석에서 귀신 영화 보는 것을 최고의 피서로 친다. 하지만 마음과 달리 영화관을 찾기는 쉽지 않다. 벼르고 별러서 날을 잡아도 들쑥날쑥 발생하는 일들이 많아서 대부분 허사가 된다. 그래도 실망하지 않는다. 이맘때면 텔레비전이 제구실을 잘하는 경우가 있는데 〈명화극장〉, 〈한국영화특선〉 등의 프로그램이 바로 그것이다.

　잠이 오지 않아서 뒤척이다 텔레비전을 켰다. 초저녁잠에 빠지면 늦은 아침까지 길고 깊게 자는 필자가 잠을 설쳤다는 건 특별한 이유가 있는 거다. TV에서 〈조용한 가족〉 예고편이 스치듯 지나갔는데 이 영화가 잠을 못 자게 끌어당겼다는 말이 더 현실적이다. 그러니까 〈조용한 가족〉은 필자를 낯선 영화의 길로 인도한 고마운 작품이다. 잘 만들어진 영화가 주는 재미는 소품과 어울리는 배우들의 표정 연기만으로도 짝꿍의 일기장을 훔쳐보는 듯한 절묘한 긴장감이 넘쳤다. 잊을 수 없는 충격과 웃음을 선물한 영화였다.

신혼 초 비디오를 들여놓았을 때는 아들딸의 영어 교육을 앞세웠다. 디즈니 애니메이션 영상 자료를 구입했지만 정작 그 효과는 전혀 만족스럽지 않았다. 결국 비디오 기기는 오락용 만화영화를 대여해서 시간 때우기로 활용한 것이 전부였다. 그때까지 필자는 텔레비전이나 영화를 가까이 하지 않았다. 소설책보다 더 재미있는 오락을 전혀 모르고 살았던 '책바보'였다. '형광등'이라는 별명처럼 가족들이 비디오를 심드렁하게 대할 때쯤 뒤늦게 비디오 촉이 발동했다.

그때 만난 영화가 〈가위손Edward Scissorhands〉(1990), 〈식스 센스 The Sixth Sense〉(1999), 〈아제 아제 바라아제〉(1989), 〈씨받이〉(1987), 〈수탉〉(1990) 등 손가락으로 헤아리기 힘들 만큼 많다. 국산 영화, 외화 가리지 않고 동네 비디오 가게에서 하루에 두세 개씩 대여했다. 먹고 자는 시간을 아끼면서 계절을 몰입해서 본 비디오

편수는 100여 개가 넘었을 것이다. 그때 〈조용한 가족〉과 인연을 맺은 것이다. 참 묘한 영화라고 생각했다. 어처구니없는 웃음이 간간이 터진 뒤 '이렇게 웃어도 되나?' 뒤통수가 불편했다. 그렇다. 〈조용한 가족〉은 불편한 영화였다. 장면 하나하나가 선명하게 남는 탁월함이 느껴지긴 했지만 '가족들이 합심하여 저지르는 살인' 영화라니 불순하고 꺼림칙하지 않은가. 학생들에게 권유할 수 없는 영화임에는 틀림없다(이미 많은 학생들이 재미있게 보았다니 할 말이 없다).

왜 누가 이런 영화를 만드는 거지? 그런 의문으로 남았던 영화가 이후 20여 년 뇌리에 각인되었던 건 그만큼 불가항력의 매력이 강렬했기 때문이다. 이후 잘 만들어진 오락 스릴러 가운데 이 작품이 빠지지 않고 거론되는 걸 보고 확신했다. 그러니까 이 영화가 주는 강렬함과 재미는 공포와 엽기적 살인 자체가 아니다. 행복과 불행의 씨앗이 우연과 충동 속에서 싹트는 일상성의 디테일이 주는 리얼리티이다. 또한 살인과 시체의 무감각 때문이다.

가족이 운영하는 산장의 첫 손님이 자살을 하자 생계에 위협을 느낀 아버지(박인환 분)는 사망신고 대신 매장을 선택한다. 남녀 동반 자살을 한 두 번째 손님은 가족들의 도움까지 받아 매장하는데 죽었던 남자가 살아나자 깜짝 놀라 가지고 있던 삽과 곡괭이를 휘두른다. 불법 매장에 살인까지 저질렀으니 돌아올 수 없는 다리를 건넜다. 어쩔 수 없이 그 다리를 불태운다. 이후 비슷한 과정을 통해 셀 수 없이 많은 사람들을 매장하게 된다. 자살과 살인, 밤중에 이루어지는 비밀스러운 매장 작업은 일상처럼 자연스럽게 진행된다. 산장의 경관은 평화롭고 음악은 무겁게 흐른다. 그 와중에 도로 공사 계획이 진행된다는 소식을 듣고 살인이 들킬까 봐 시체를 파서 다시 매장하는 일련의 장면과 대사, 배우들의 연기가 시간이 흐를수록 신선하고 코믹하다. 송강호, 최민식, 나문희 등 출연진의 연기력이 한몫 거들고 있다. 또한 그 신선함은 살인을 원한 관계나 사이코패스라는 도식에서 벗어나 일상적 평범함과 결부시켰다는 점이다. 살인을 공포나 스릴러적 관점이 아닌 일상적 웃음으로 해석했기 때문이다. 그러나 이 영화에 대한 불편함은 살인조차 장난 웃음으로 일관한다는 분위기에 공감하기 힘들었기 때문이다.

그러면서 영화 보는 시간과 예배드리는 시간과 도서관에서 공부 하는 시간은 전혀 다른 시간임을 자각했다. 친구와 카페에서 차를 마시는 시간과 비어홀에서 맥주를 마시는 시간 또한 전혀 다른 색채의 시간이다.

우리가 영화 관람에서 원하는 것들이 무엇인가?

지식과 교훈을 위해 영화를 관람하는 사람은 이제 없을 것이다. 목적의식이 강한 계몽영화나, 종교영화를 좋은 영화라고 주장하던 시대는 이미 지나갔다. 요즘 대부분의 사람들은 따뜻한 위로와 짧은 휴식의 평안함을 영화에 기대한다. 빵 터지는 웃음과 시원한 후련함이 함께 있으면 금상첨화이다. 관객 천만 영화는 계산된 웃음과 카타르시스 속에서 시대적 흐름과 합체하여 탄생하는 것이다.

기대가 크면 대개 만족이 낮아진다. 그래서 영화만의 매력이 무엇인지 분명하게 말하지 못하는 경우가 대부분이다. 그럼에도 불구하고 많은 사람들이 영화에 거는 기대감이 턱없이 거대한 것이 나쁘지만은 않은 풍조다. 간혹 기대 이상 충만감으로 몸을 떨기도 하지만 대부분은 실망하면서 그런 영화를 선택했다는 이유로 자학에 빠지기도 한다.

소문난 맛집을 멀리서 힘겹게 찾아갔을 때 실망한 경험이 많았던 이유는 기대가 컸던 것도 한몫한다. 그러니까 기대라는 건 허기와 반대되는 속성을 발휘할 때가 많다. 허기는 식욕을 채우기 위한 마중물이지만 기대는 식욕 이상의 만족감을 채워주어야 하기 때문이다.

마찬가지로 영화에 대한 기대가 지나치게 높은 사람들은 만족감을 얻기 어렵다. 그런 이상주의자들을 위해 '영화는 영화일 뿐'이라는 말을 준비한다. 지나친 기대감으로 실망하지 말고 작은 기쁨을 누리라는 말을 해주고 싶은 것이다. 이상주의자들에게 일상의 순간은 김빠진 맥주처럼 무미건조하게 여겨질 때가 많다. 영화를 평할 때는 다양한 기대를 담아야 하지만 막상 영화를 보는 그 순간만큼은 철저히 즐겨야 한다. 스크린 그 자체에 몰입하는 것이다.

〈조용한 가족〉을 보면서 불편한 이유 몇 가지가 있다.

산장의 가족들은 선량하지만 욕망을 차단당한 존재들이다. 생활 능력 결핍자들인 이들은 현대를 살아가는 우리들 가족의 모습과 닮은꼴이다. 단지 가족을 먹여 살리기 위해 열심히 일하고 싶은데 잘 풀리지 않는 것이다. 산장에 들어온 첫 손님이 어쩌다가 운이 나쁘게 자살을 했을 뿐인데, 신고 대신 매장을 선택하면서 운명은 점차 걷잡을 수 없이 나락으로 떨어진다. 블랙코미디는 인간의 이기적 본성이나 잔혹한 사회에 대해 풍자하면서 반어적 웃음을 선물한다. 이 영화에서 다루는 가족이기주의는 극단적 양상이지만 우리들의 자화상임에 분명하다. "사랑하는 가족을 지키기 위해서라면 무슨 일이든 할 수 있다"는 정서는 차라리 사랑스러운지도 모른다. 현실은 영화보다 훨씬 엽기적이다. 친부, 친모가 저지른 아동학대, 친부나 친모를 향한 존속살해의 사연은 자세히 들여다볼 용기조차 내기 어렵다.

비극적 가족의 사연은 이제 더 이상 울고 짜는 소재가 아니다. 〈고령화 가족〉(2013)이나 〈장수상회〉(2015)처럼 말이다. 이 영화들은 보편적 감성을 자극하고 평범하게 가족 담론을 나눌 수 있는 좋은 영화이다. 그러니 터지는 웃음을 억제할 수 없다면 어쩌겠는가? 그냥 생각 없이 웃어주면 된다. 영화는 영화일 뿐이다. 더구나 블랙코미디 영화라면 웃는 예의를 구태여 거절하지 말아야 할 일이다.

전쟁은 가해자의 얼굴을 보여주지 않는다

—

반딧불이의 묘

원제 | 火垂るの墓

감독 | 다카하타 이사오高畑勲

일본

1988

—

2000년 초반, 소도시인 청양읍에서 1년 동안 근무한 적이 있었다. 그때부터 보충수업과 진단평가의 굴레에서 나를 조금씩 해방시켰던 것 같다. 아이들의 시험 점수에 극성 엄마가 목을 매는 것 이상으로 교사들도 민감했으며 나 역시 예외가 아니었다. 담당 학급 평균 점수의 서열화는 곧 교사의 능력과 열정이며 그 이상의 자존심을 걸었던 시절이다. 아이들은 이미 하얀 도화지가 아니었다. 제각기 다른 출발선에 있음을 무시한 처사이므로, 공정한 게임도 아니었다. 나 역시 열심히 한다는 미명하에 그런 분위기에 한몫 거들었으리라. 늦게나마 중요한 것이 있다는 것을 깨달았지만 방법론은 서툴렀다. 과감하게 '평가를 위한 평가'를 지양하는 의지를 키울 수밖에 없다. 영화 수업도 그 일환이었다.

본격적인 영화 수업을 시도했던 선배 교사 이기자 선생님이 있었기에 처음 시도가 수월했다. 네 시간을 배분하여 세 시간은 영화를 감상하고, 한 시간은 쓰기 활동을 하였다. 그때도 진도에 급급하여 처음에는 감상문을 숙제로 냈었는데 끝내 제출하지 않는 아이가 있었기에 나중에는 수업 시간에 전원이 제출하는 시스템으로 바꾸었다(글쓰기에 부정적인 남학생을 대상으로 강압적이지 않았다는 것이 성과이다).

첫 시간에 영화 읽기에 대한 10가지 유의점을 정리해주고 함께 감상하며 분위기를 잡는다. 일단 몰입하면 교실마다 영화의 세계에 푹 젖는다. 그렇게 감상이 끝나면, 하얀 종이를 나누어 주고 다시 처음부터 영화를 재생하며 장면에 대한 의문점을 주고받는 시간을 마련하면 마침내 다양한 이야기들이 쏟아져 나온다. 어차피 이야기의 욕구를 모두 채워줄 수는 없다. 영화의 주인공인 남매 세이타淸太와 세쓰코節子에게 하고 싶은 말을 글로 옮기도록 유도하는 것이 그나마 절반은 성공한 셈이다. 아이들은 일단 펜만 잡으면 A4 용지를 채우는 건 아무것도 아니다. 앞뒷면을 채우고 두 장 이상을 쓰는 아이들도 수두룩하다. 감독이 이 영화를 왜 만들었을까에 대해서도 써보라고 말한다. 교사는 질문만을 던져야 한다는 원칙을 고수한다.

수업권에 대한 폭넓은 해석이 인색했던 시국 탓일까? 영화를 보는 두세 시간이 노는 것처럼 보이는 불편함이 문제였다. 그때는 가르치고 싶은 내용이 차고 넘쳤으며, 지켜보는 교사의 역할을 인정하지 못했던 만큼 죄의식이 꿈틀거렸다. 그래서였을지도 모른다. 영화에 충분히 몰입되었다 싶은 시간에 아이스크림을 사주기로 했다. 수업 시간에 아이스크림을 먹는다는 들뜬 분위기만으로 행복감은 배가된다. 그때, 눈물겨운 사연이 있었는데 끝끝내 100원짜리 아이스크림을 고집하는 아이들 때문이었다. 나는 정품 아이스크림을 사주고 싶었는데 아이들의 생각은 달랐다. 민망해하는 나에게 첫 월급 탄 뿌듯함의 미소와 함께 건넨 1만 원 미만의 거스름돈.

아, 그때 그 100원짜리 아이스크림의 달콤함이 혀끝에서 살살 녹는다. 학교 앞에서만 파는 소위 불량식품이었을 것이다. 나중에 알게 되었는데 학교 앞 문방구에서는 100원, 200원, 500원 하는 아이스크림을 팔고 있었다. 내가 만난 아이들은 지금도 변하지 않았다. 작년에 피자 파티를 하였는데 아이들이 최하 가격 5000원짜리 피자를 시키는 것이다. 하지만 달라진 점은 분명 있었다. 위장 장애와 기타 등등의 이유를 들어 은수와 민영이가 끝내 피자를 먹지 않았던 것이다. 체험을 공유하기 위해 마련한 먹거리이지만 이제 교실에서 100프로의 공감이 사라진 현실을 인정해야 할 듯하다.

영화는 남매의 죽음을 통하여 전쟁의 비극을 조명하는 줄거리이다.

모든 것은 권력자들의 전쟁 때문이다.

1945년(쇼와 20년) 9월 21일, 영양실조로 열네 살 난 주인공 세이타가 해골처럼 말라서 쓰러져 죽는 모습에서 시작된다. 지나치는 사람들은 아무도 관심이 없다. 곳곳에 시체가 즐비했던 2차 세계대전의 후유증으로 사람들의 마음은 메말라 있기 때문이다.

"쇼와 20년 9월 21일 밤 나는 죽었다."

망자의 영혼이 생전을 회상하며 지하철을 타고 어딘가로 향한다. 이투성이 주머니 속에 꼭 품고 있던 드롭스 깡통, 그 깡통을 역원이 어둠 속으로 집어 던지자 역시 영양실조로 죽은 네 살짜리 여동생 세쓰코의 하얀 유골이 나뒹군다. 화면 속 반딧불이들이 어지럽게 공중을 날면서 본격적으로 영화가 시작된다.

고베神戶 대공습으로 엄마가 숨진다. 엄마의 죽음을 세쓰코에게는 비밀로 한 채 세이타는 화장된 엄마의 유골을 챙겨 친척집으로 향한다. 친척 아주머니는 처음에는 이들을 반기지만, 보상받을 가족이 없음을 확인하면서부터 노골적인 냉대를 감추지 않는다. 빨래를 널었다고, 피아노를 친다고 구박한다. 밥을 먹을 때도 세이타 남매에게 더 적게 주었다. 그들은 냉대를 못 이기고 근처의 방공호로 옮겨간다.

"벽에 붙은 반딧불은 창문의 눈目이야."

방공호에서 남매는 밤하늘의 가미카제 특공기의 비행등과 그 불빛을 닮은 반딧불을 본다. 고사기관포의 예광탄도, 아버지가 탑승했던 군함의 관함식 장면도 떠올린다. 다음 날 아침 세이타는 죽은 반딧불의 무덤을 만들어준다. 세쓰코는 자신도 엄마가 돌아가신 사실을 전해 들었다며 울먹인다. 세쓰코를 달래주기 위해 바닷가 모래밭에서 뛰어놀지만 그곳에서의 단란했던 추억은 이미 사라졌고, 곳곳에 시체가 뒹군다. 그와 대비된 '즐거운 나의 집'이 흘러나온다.

즐거운 곳에서는 날 오라 하여도

내 쉴 곳은 작은 집 내 집뿐이리

오, 사랑 나의 집 즐거운 나의 집 내 집뿐이리.

이제 남매의 지상에 '즐거운 나의 집'은 없다. 세이타는 갈수록 여위어가는 세쓰코에게 먹일 음식을 구하기 위해 감자 몇 알을 훔치다가 농부에게 들켜 잔혹하게 맞고 경찰서에까지 끌려간다. 세이타는 패전 소식이 들려오고 연합함대의 전멸을 알았을 때 해군 대위였던 아버지의 죽음을 실감하고, 결국 세쓰코도 종전 일주일 후인 8월 22일 숨을 거둔다.

세쓰코를 화장하고, 뼈를 모아 무작정 떠나는 세이타.

1940년대 고베의 밤 풍경이 현대 고베 시내의 화려한 야경으로 바뀌면서, 지금도 사람들의 각박한 심성이 그때와 무슨 차이가 있는지를 말없이 질문하며 작품은 막을 내린다.

　리얼리즘적 시선으로 볼 때, 〈반딧불이의 묘〉는 전쟁 주도국인 일본을 피해자로 묘사했다는 문제 제기에서 자유롭지 못하다. 하지만 이 영화의 문제점은 오히려 중요한 시사점을 남긴다. 거대 담론에 접근하기 위한 문제 제기의 설정으로 활용해도 좋을 것이다. 전범 당사자인 일본 천황과 전쟁에 시달리는 일본 민초들의 상황이 다르다는 설명도 필요하다. 일본이 패망하자 장교가 아닌 사병들이 살아서 조국으로 돌아가게 되어 기뻐했다는 얘기도 어른들에게 실제로 들었다. 그러니까 승전보의 기쁨도 기층 민초들에겐 한갓 관념이 될 수도 있다.

　중요한 것은 영상의 아름다움과 섬세한 심리묘사가 주는 감동이다. 전쟁은 침략국이나 피해국이나 반딧불이처럼 가장 약하고 아름답고 가난한 존재를 파괴한다는 메시지에 집중할 수 있어야 한다. 최근 개봉한 일본 영화 〈너의 이름은 君の名は〉(2016)에 열광하는 아이들을 보면서 다시 〈반딧불이의 묘〉를 생각한다.

집으로 가는 길을 잃고 살 때가 있다 가끔

—

개를 훔치는 완벽한 방법

감독 ι 김성호

한국

2014

—

시월이 오면 목이 멘다. 나뭇잎 색채의 흔들림에도 온몸으로 느
낌표가 꽉 차오르며 풍경의 변화가 이방인처럼 낯설어진다. 지금
그 시월의 한복판에서 서성이는 내 마음을 바라본다.

'공주→천안' 출퇴근길에 시시각각 달라지는 바깥 풍경 변화의
속도에 빠져 있는 나를 물끄러미 바라본다. 쾌청한 하늘과 들판의
황금물결, 노란 은행잎 가로수를 거울삼아 '내 안의 나'를 바라보
게 된다. 오랜 세월 요양병원에 누워 계시는 '시아버님의 마른 팔
뚝'처럼 건조해진 나뭇잎들이 팔랑팔랑 허공을 가로지른다.

가족끼리 닭백숙이라도 나누면서 가을 단풍을 만끽할 수 있는

시간이 얼마나 남았을까. 그런 소시민적 아쉬움으로 남은 세월을 가늠해본다. 길다면 길고 짧다면 짧은 세월들. 이런저런 이유 속에서 가족이 모여 밥 한 끼 먹기 어려운 날들이 점점 늘어간다. 진학으로 취업으로 둥지를 떠난 아들딸조차 특별한 행사에만 겨우 얼굴을 마주한다. 가출이나 이혼으로 생이별을 감당해야 하는 경우도 흔한 풍경이 되었다. 가정의 견고함이 흔들리는 시대에 우리는 살고 있는 것이다. 기대고 의지할 사람이 어디에 있을까? 더 이상 두리번거리지 말고 내 안의 가족을 더 많이 품어야 하는데.

이 영화 〈개를 훔치는 완벽한 방법〉은 '가족을 사랑하는 방법'에 대한 아주 특별한 이야기이다. 어느 순간 아빠와 함께 집이 사라져버렸다. 지소는 동생 지석 그리고 엄마와 미니 봉고차에 지낸지 벌써 한 달이 지났다. 그러면서 지소는 집을 구하기 위해 '개를 훔치는 완벽한 방법'을 계획한다.

영화는 이 밖에도 시월의 한복판 깨알 같은 이야기를 쏟아낸다. 들깨 향의 고소함이 무 빛깔을 휘감고, 푸짐한 배춧잎 꼭대기까지 올라온다. 10월 말 들판에는 벼를 베어 낸 텅 빈 논이 있고 간혹 추수 직전의 늦은 황금물결도 만날 수 있다. 들깨를 베어 널어놓은 밭을 거니는 행운이 온다면 그 향이 코끝에 찡 울린다. 내 옆에 없는 가족의 그리움까지 숨은그림찾기처럼 흥미롭게 다가와 웃음과 눈물을 선물한다.

영화 속 어른들의 삶의 무게는 주인공인 아이들로 인해 많이 가벼워진다. 집을 구하는 가격을 500만 원(전원주택 사진이라고 인쇄된 전단지를 보고, 지소는 평당에 있는 멋진 집이 500만 원이라는 의미로 해석한다)으로 이해하듯 세상 물정을 전혀 모르는 아이들. 하지만 어른들이 풀지 못하는 외로움과 가난의 문제를 단순함으로 무장 해제시킬 수 있으니 아이들의 힘은 세다.

집 나간 아빠, 그 빈자리에서 엄마는 혼자 집도 없이 두 아이를 먹여 살려야 한다. 고급 레스토랑 '마르셀'의 할머니는 괴팍하고 냉혹하다. 손가락 세 개가 잘린 노숙자 아저씨(최민수 분)는, 가족을 몰래 보러 가면서도 가출 생활을 정리하지 못한다. 이 아저씨를 통하여 지소는 아빠가 어딘가에서 우리를 몰래 보고 있을지도 모른다는 실낱같은 희망을 품는다. 몰래 도움을 주는 키다리 아저씨 같은 존재이다. 왜 가족에게 돌아가지 않는지에 대한 궁금증은 영화가 끝나도 해결되지 않지만.

엄마(강혜정 분)는 사업에 실패한 남편을 기다리며 집 근처(지금은 남의 집)를 맴돌며 차 안에서 숙식을 해결하는 철이 덜 든 엄마이다. 멋 부리고 싶고, 결혼 전에 따라다녔던 남자(레스토랑 마르셀 할머니 조카) 앞에서 불쌍해 보이고 싶지 않은데 현실은 녹록지 않다.

검은 드레스 차림의 할머니(김혜자 분)는 멋쟁이인데 마르셀을 운영하면서 강아지 '윌리'만 아끼는 냉혹한 여인이다. 하나뿐인 아들이 엄마가 반대하는 화가의 길을 걷다가 요절한 후 아들이 남긴 그림과 강아지 윌리를 위안 삼으며 고독하게 살고 있다. 할머니의 유일한 혈육인 마르셀의 지배인은 숙모의 재산을 탐하는 인물이다. 엄마는 지소와 지석 남매를 데리고 생활전선에 뛰어들지만 되는 일이 없다. 조숙한 지소는 철부지 엄마를 원망하며 아빠를 기다리지만 어른들의 복잡한 세계를 동화적 상상력으로 해석한다. 동생 지석과 친구 채랑이 든든한 후원군이다.

500만 원을 마련할 방법을 찾다 지소는 개를 찾아주면 사례비를 준다는 전단지를 본다. 개 주인과 통화를 시도하지만 이미 '찾았다'는 답변에 사례금은 증발되고 '닭 쫓던 개'가 되었지만. 이때부터 꼬마들의 맹랑한 반전이 시작되니, '개를 훔쳐서 사례금을 받자'는 아이디어이다. 어떤 개를 훔칠 것인가부터 머리를 쥐어짠다. 주인의 절대적 사랑을 받고 있는 부잣집 개를 찾아 헤매는데, 역시 범인은 면식범이다. 엄마의 예전 남자 친구가 지배인으로 있는 마르셀의 윌리를 선택한 것이다. 가정집보다 출입이 자유롭다는 점, 이미 윌리와 친분도 있으니 훔쳐서 데리고 있기도 수월하다. 지소, 채랑, 지석이 합세하여 작전에 돌입한다.

그런데 의외의 덫이 있었으니 할머니의 조카가 미리 개를 빼돌린 것이다. 개에게 모든 유산을 상속한다는 유언장을 몰래 본 조카는 개를 아예 죽이기로 마음먹는다. 할머니가 사들이는 그림값조차 충당하기 어려워 레스토랑은 부도의 위기에 처하고, 조카는 레스토랑을 담보로 유혹하는 사기꾼에게 속아서 상속인 행세를 위해 개를 살해하려 시도한다. 서로 개를 훔치려는 추격전이 벌어지면서 지소는 주사기를 빼앗아 윌리의 목숨을 구해주고, 마르셀 할머니에게 찾아간다. 마르셀 할머니에게는 윌리가 자식이나 마찬가지임을 알게 되었기 때문이다.

이 영화는 원작 소설의 탄탄함에 힘입어 명대사가 많다. 그중 한 장면이 지소가 할머니를 찾아가 나누는 대화이다. 가족을 버리고 집을 떠난 사람에 대한 기다림의 마음이 절절하게 녹아 있다. 한 대목을 옮겨보면.

> "왜 윌리를 찾지 않아요? 보고 싶지 않으세요?"
>
> "제 발로 나간 건 사람이고, 짐승이고 찾지 않는다."
>
> "싫어서 나간 게 아니라 돌아오는 길을 잃어버린 건지도 모르잖아요. 우리 아빠처럼 길을 잃어서 집을 찾고 있는 건지도 몰라요. 미안해서 못 오는 건지도 모르잖아요."

남편도 아들도 자신을 배신했다는 피해 의식으로 굳어진 마르셀 할머니의 가슴이 조금씩 풀린다. 그 와중에 지소는 엄마가 아빠를 쫓아낸 게 아님을 알게 되고 외모를 치장하는 엄마의 속마음이 아빠에게 향해 있음을 눈치챈다. 헤어져 있어도 마음으로 화해하고 사랑할 수 있음을 보여주는 영화 <개를 훔치는 완벽한 방법>에는 시월의 낯선 아름다움과 들깨 알 톡톡 터지는 고소한 웃음까지 넘쳐난다. 특히 아역배우들의 깜찍한 연기는 징그럽기까지 하다. 한국영화의 새로운 가능성을 보여준 영화, 부재하는 가족의 존재를 사랑할 수 있게 토닥토닥 마음을 따뜻하게 녹여주는 영화, 망설임 없이 최고 점수를 주고 싶다. 그런데 왜 흥행에 성공하지 못했지?

너의 잘못이 아니다

—

굿 윌 헌팅

원제 ǀ Good Will Hunting

감독 ǀ 거스 밴 샌트Gus Van Sant

미국

1997

—

〈굿 윌 헌팅〉의 주인공 윌 헌팅Will Hunting은 21세 젊은이인데 독학으로 당대 최고 석학의 수준을 웃도는 실력자이다. 매사추세츠 공대MIT 간판 교수도 풀지 못하는 수학 문제를 순식간에 해결하는 천재임에도 닥치는 대로 살아가는 밑바닥 인생이다. 과시욕과 지적 욕구가 강하면서 고슴도치처럼 가시를 세우고 보호벽을 만드는 '도꼬다이' 스타일이다. 게다가 그는 어린 시절 양부로부터 버림받고 학대당했던 트라우마에 시달리는 불안 증세와 분노 조절 장애 등의 폭력성으로 전과자의 이력을 지니고 있다.

어쨌든 그의 천재적 능력이 입증되자 각계에서 러브 콜이 쇄도한다. 수학자, 군부대 암호해석가, 증권 회사와 연구소 등등. 장래가 촉망되는 직장까지 보장받지만, 월은 자신이 이용만 당하고 결국은 버려질 것이라는 두려움으로 결단을 내리지 못한다. 장밋빛 미래는 포기한 채, 막장 인생을 살아가는 데 익숙한 월은 희망을 품는 것에 진지하지 못하다. 공사판에서 잡역부로 일당을 벌어서 생계를 유지하는 삶을 당연하게 여길 뿐 더 나은 인생을 기대하지 않는다. 버림받지 않는 최소한의 안정감을 보장받고 싶기 때문이다. 그가 진정으로 원하는 것이 무엇인지 주변 사람들은 짐작하나 본인은 변화를 두려워하기 때문에 현재의 하루살이 인생에 만족한다고 여긴다.

그의 능력을 최초로 발견한 램보Lambeau 교수는 월의 정신과 치료를 대학 동기였던 숀에게 부탁한다. 램보 교수와 숀은 절친이면서도 삶의 방식이 정반대이다. 천재를 발굴하여 그의 능력을 가치 있게 활용해야 한다는 의견을 지녔지만 둘의 접근 방법은 전혀 다르다. 단순노동으로 인생을 낭비한다며 자신의 스타일대로 해답을 제시하는 램보 교수와 달리, 숀은 무조건적으로 월을 지지하며 스스로 길을 찾는 과정을 유도한다.

두 명의 멘토를 만난 월은 행운아임에 분명하다. 인생을 바꿀 수 있는 단 한 명의 멘토를 만나기도 쉽지 않음을 우리는 안다. 천재성 때문에 자신을 가치 있게 여기는 램보 교수와 트라우마의 아픔에서 벗어나서 행복한 삶을 살기를 원하는 숀과의 진정성 있는 만남을 통해서 마침내 월은 트라우마를 극복하고 자신의 행운을 기꺼이 받아들인다.

비운의 천재와 헌신적인 멘토의 스토리가 중요한 건 아니다. 흥미 부여를 위한 장치일 뿐, 탁월한 '능력'을 발휘하도록 대단한 조력자가 등장하는 설정은 보통 사람의 입장에서는 또 하나의 장벽일 뿐이다. 하지만 이 영화에는 천재를 위한 숨은그림찾기와 변별되는 진정성이 있다.

특출한 능력의 존재가 아니어도 우리 모두는 대체 불가능한 '특별한 나'가 아닌가. 하지만 나의 존재가 귀하다는 것을 모른 채, 무기력한 일상에 빠진 사람들이 대다수이다. 그들 역시 월 헌팅처럼 참으로 아까운 사람들이다. 글씨를 잘 쓰고, 그림에도 조예가 깊고, 기억력이 탁월했던 시어머님은 본인보다 가족의 인생을 살았다. 며느리로서, 엄마로서, 아내로서 충실했지만 결코 본인 의지라고 여길 수는 없다. 그 시대에는 그렇게 살아야 하는 건 줄 알았기 때문인데, 누구에게 하소연할 것인가. 억울하게 살았다고 후회하는 그림자가 어머님의 표정을 안타깝게 한다.

요즘 나는 중학교 1학년 여학생을 만나면서 그 눈부신 아름다움에 날마다 감탄하는 중이다. 까르르 터지는 웃음소리, 시도 때도 없이 질러대는 괴성에서조차 질풍노도 젊음의 열기와 자유로운 발산의 향기가 느껴진다. 경험한 일을 발표하는 시간이었던가. 한 명의 소녀가 눈물을 쏟으면 교실 전체가 울음바다가 되는 풍부한 감성의 소유자들이다. 하지만 벌써 절망과 불안과 자신의 미래를 무채색으로 바꿔치기한 나날을 보내는 학생들도 있으니 아픈 일이다. 민감한 외모 비하에 빠지고 성적으로 비관하기도 한다. 하여, 우리 모두는 금쪽같이 아까운 사람들이라는 사실을 망각하는 것이다. 중심의 나를 팽개친 채, '돈'이나 '진보니 보수니', 물결에 떠돌다 그 덫에 걸려드는 하루살이 인생이 되곤 한다.

이 영화에서 뇌리에 깊이 박힌 장면은 숀이 반복했던 문장이다.
"너의 잘못이 아니다."
이 말이 윌을 트라우마로부터 자유롭게 했던 것일까.
결코 그렇지 않다. 머리가 좋은 윌은 이미 논리적으로 알고 있었을 것이다. 뼛속 깊이 각인된 두려움이 판단력을 흐리게 하고 희망의 싹을 자라지 못하게 짓밟았을 뿐이다. 숀에 대한 신뢰감을 회복하면서 윌이 스스로 막혔던 숨통을 터트린 것이다. 누군가를 믿고 의지하면 저절로 그 사람의 입에서 나오는 말 또한 힘이 실리는 것이다. 그때 비로소 이 말은 마술 같은 위력을 발휘한다.
"너의 잘못이 아니다."
나를 포함한 상처 입은 많은 사람에게 이 말이 줄 희망의 싹을 기대해본다. 위안부 피해 어르신, '82년생 김지영'과 남편들 그리

고 화장과 헤어 롤러나 복장 규정으로 흔들리는 청소년들과 취업
기계가 되어버린 이 땅의 젊은이와 그들의 부모와 함께. 그리하여
재생산의 톱니바퀴를 멈추게 할 가능성을 안으로부터 키워내고
싶다. 모두들.

전설이 된 사랑 이야기

—

가위손

원제 ǀ Edward Scissorhands

감독 ǀ 팀 버턴Tim Burton

미국

1990

—

팀 버턴Tim Burton의 영화를 처음 만난 순간의 감격을 지금도 섬뜩하게 기억하고 있다. 슬픔이 가득하면서도 소름 끼치게 무서운 동시에 웃음 폭탄을 선사하는 영화였다. 이제껏 '듣보잡'의 새로운 세계를 보여준 특이한 영화에 대한 기억은 감미롭기까지 했다. '훌륭한 작가(작품)는 지금까지 없었던 거울을 세상에 선물한다'는 말처럼 팀 버튼턴의 영화는 확실하게 새로운 관점과 취향을 선보였다 할 수 있겠다.

그의 영화는 지금까지 알고 있다고 믿었던 세상에 의심의 안개를 피워 올리고 미지의 것들에 대한 궁금증을 증폭시킨다. 팀 버턴의 영화에 담긴 기괴하고 음울함으로 얼룩진 세상은 무의식에 깔린 심층적 욕망을 자극하여 끝없는 호기심을 창출한다. 주인공의 엽기적 화장 기법으로 연출하는 독특한 입체감은 변신술처럼 흥미로우며, 환상적 색채로 펼쳐지는 영상미는 마술적 분위기를 재현한다. 강렬한 터치, 원시적 색감, 전체적으로 흐르는 불안의 감정이 팀 버턴의 모든 작품마다 펼쳐진다. 기괴함을 바탕으로 그려지는 그로테스크 미학도 현실에 대한 저항이자 새로움의 표현으로 그의 작품 세계를 대변한다. 그 현실과 비현실의 갈등과 얽힘은 불확실성 시대의 소외된 이웃을 향한 관심과도 맥이 닿아 있다. 아무리 어둡고 무거운 화면이 흘러도 이를 뛰어넘는 생기와 유머가 넘치는 건 이러한 관심 때문이라 할 수 있는데 그만큼 그의 영화는 생명력이 강하다.

처음 만난 팀 버턴의 영화가 〈가위손〉이다.

적절하게 기괴하고 슬픈 동화童話 스타일의 영화 〈가위손〉은 팀 버턴을 일약 스타로 만들어준 대표작이다. 손녀에게 할머니가 전설을 들려주는 형식의 액자 구성으로 전개된다. 가위손을 달고 살 수밖에 없는 미완성의 피조물 에드워드Edward가 마을 어귀의 고성孤城에서 세상과 단절되어 살다가 인간의 마을로 내려오면서 겪게 되는 이야기이다. 이 영화에서 처음 만난 배우 조니 뎁Johnny

Depp(에드워드 역)과 팀 버턴은 이후 거의 모든 영화에서 동반자의 관계를 맺는다.

가위손은 고독한 영웅과 미숙한 외계인의 이미지를 반반씩 지녀 공포심보다 연민을 자극한다. 동시에 이방인, 장애인에 대한 편견과 차별의 문제의식을 담고 있다. 괴력의 소유자이지만 어린 아이처럼 해맑은 심성을 지닌 로맨티시스트이기도 하다. 가위가 지닌 두 가지의 극단적인 의미는 '파괴와 창조'에 있으며 이는 매우 위험한 이분법이다. 새로운 세계를 창조하려면 존재하는 세계를 무너뜨리지 않으면 안 되는 과정에서 무수한 갈등을 수반한다. 창조를 열망하지만 변화의 고통을 감수하고 싶지 않기 때문이다.

가위손은 다르게 생긴 외모와 능력(나무 가꾸기, 머리 손질 등의 가위질) 때문에 호기심의 대상으로 관심을 끌다가 싫증 난 마을 사람들에게 버림받는다. 독특한 성향을 매력적인 외모와 탁월한 능력으로 인정하다가, 하루아침에 위험성과 범죄 가능성으로 공격을 감행하는 것이다. 미용실 여인과 킴Kim의 남자 친구가 그 대표적 존재이다. 미용실 여인은 자신의 여성적 매력을 무시당했다고 여겨서 복수심을 품고, 킴의 남자 친구는 가위손의 능력(잠금장치를 만능으로 열 수 있는 가위)을 이용해서 자신의 아버지 집에서 도둑질을 하려다가 발각되자 모든 죄를 그에게 뒤집어씌워 유치장으로 보낸다.

하지만 킴은 이러한 상황을 지켜보면서 오히려 에드워드를 진정으로 사랑하게 된다. 에드워드와 킴이 처음 만나는 물침대 장면은 놀라서 소리치는 표정과 분수처럼 솟구치는 침대의 물줄기가 폭소를 자아낸다. 정원사로 인정받아 기뻐하던 에드워드와 마을 여인들의 머리를 손질해주면서 헤어 디자이너로 성공을 꿈꾸는 장면들은 소소한 재미와 애틋함이 흐른다.

그러나 마을 사람들은 에드워드가 언젠가는 자신들을 해칠 거라는 강박증에 시달린다. 이방인에 대한 관용은 사라지고 급기야 집단행동을 감행한다. 야비한 인간의 추악함이 인조인간의 순박한 사랑 앞에 맨얼굴을 드러내게 된 것이다. 최후의 결투는 에드워드와 킴의 남자 친구가 벌이는 막상막하의 긴장감으로 진행되고, 킴은 에드워드를 지켜준다. 킴은 흥분한 마을 사람들에게 잘려진 팔뚝과 가위손을 보여줌으로써 죽음을 믿게 만든다.

가위손의 흉터 가득한 창백한 얼굴은, 사랑하는 사람을 안을 수 없는 극단적 고통으로 일그러진다. 하지만 사랑을 품은 고통은 아름답게 빛날 수 있으니 가위손은 갇힌 존재로 살아가지만 예전과는 달라진 삶이 펼쳐질 것이다. 마을은 무료했던 예전의 일상으로 돌아가고 킴의 가족은 에드워드를 그리워한다. 미완성 피조물인 에드워드는 마을 사람들과 더불어 살아갈 수 있는 사회화 과정의 학습이 필요했던 것이다. 이 문제를 킴의 가족이 도와주려고 했지만 에드워드는 예전의 성으로 돌아갈 수밖에 없었다. 다시 고립된 삶을 살아야 하지만 에드워드에게는 킴의 가족과 주고받은 사랑으로 뜨거운 심장이 자리를 잡는다.

킴과 에드워드는 서로의 공간으로 돌아갔지만 둘의 사랑은 어쩌면 끝나지 않았다. 이후 세월이 흘러 킴은 할머니가 되었지만, 에드워드는 인조인간이므로 나이를 먹지 않고 영원한 청년으로 존재하는 점이 다르다. 지금도 그 성에서 에드워드는 킴을 위해 눈꽃을 날려주고 있는데, 이를 알고 있는 킴은 손녀에게 '전설이 된 사랑 이야기'를 들려준다.

잊을 수 없는 명장면을 더듬어본다.

에드워드가 사랑하는 킴에게 주는 크리스마스 선물은 가위손만의 작품이다. 얼음으로 된 천사상을 조각하며 눈꽃을 날려주는데 사랑의 기쁨을 표현하는 색다름이다. 둘의 사랑을 확인하며 행복한 시간이 흐르는데, 킴은 하얀 드레스를 입고 휘날리는 눈꽃을 음악 삼아 무도회의 주인공처럼 춤을 춘다. 영화 음악의 거장 대니 엘프먼Danny Elfman이 작곡한 〈아이스 댄스Ice Dance〉의 신비한 선율이다. 이 어울림의 영상미는 사랑하는 자들이 함께 있는 것만으로 얼마나 큰 축복인지 보여주는 듯하다. 함께 포옹할 수 없는 연인이 서로의 마음을 확인하며 온 세상이 정지된 듯 황홀감에 젖어드는 시간이 흐른다. 사랑하는 사람에게 손길을 내밀면 가위의 날카로움에 다칠까 봐, 얼음 조각에만 전념해야 하는 가위손(촬영 이후 이들 배우는 실제 연인이 되었다니 영화 속 아쉬움이 조금은 위로가 된다). 아름답고 슬픈 이 장면에서 나는 지상에 존재하는 모든 사랑에는 내밀한 결핍과 아픔이 있음을 생각한다. 모든 사랑에는 축복과 아픔이 혼재함을 차가운 얼음과 하얀 눈으로 표현하는 메타포를 읽는다. 순간의 환상적 황홀감과 비정한 현실을 깨우치기라도 하는 듯.

이방인인 에드워드를 받아주려 했던 선량한 킴의 가족, 그들의 얼굴들이 정겹게 기억에 남는다. 고독한 이방인이 잠시 쉬어갈 수 있도록 방을 주고 함께 음식을 나눈 가족들도 마찬가지다. 하지만 화장품 외판원 일을 하는 킴의 엄마가 집으로 데려온 에드워드는 마을 사람들과 화합하지 못한 채 에피소드만을 남기고 쫓겨났다. 그게 인간의 세계다.

이제 에드워드는 고독한 1인 가족으로 살아갈 것이다. 가끔 옛 사랑을 떠올리며 눈꽃을 날려주기도 하리라. 강렬한 사랑의 순간 감염된 바이러스는 마을에 대한 모든 기억을 아름다움으로 물들이는 촉매제로 그 생명력을 키워나갈 것이다.

자유와 사랑과 행복은 공존할 수 있는가

—

조제, 호랑이 그리고 물고기들

원제 | ジョゼと虎と魚たち

감독 | 이누도 잇신犬童一心

일본

2003

—

제목의 상징성이 주는 호기심은 끝내 해결되지 않는다.

조제ジョ는 주인공 이름이고, 호랑이와 물고기는 조제가 갈망하면서도 채워지지 않는 욕망들이다. 호랑이는 밀림의 제왕처럼 두려움의 대상이고, 물고기는 심해를 자유롭게 유영하는 무리이니 조제에게 거리를 두는 동네 사람들, 사회, 집단을 의미한다고 볼 수도 있겠다. 물고기는 수족관에 갇혀 있고 호랑이 또한 동물원 우리 안에서 포효할 뿐이다. 조제라는 이름 역시 프랑수아즈 사강 Françoise Sagan의 소설 속 인물이다. 타인의 시선에서 자유롭고 열정

적이었던 사강처럼 조제는 자신의 방식대로 '자유와 사랑'과 '행복'
을 추구할 뿐.

영화는 호랑이와 물고기들이 거주하는 공간처럼 '멀어진 연인'
의 심리적 거리를 담담하게 그려낸다. 호랑이는 물속에서 살 수
없고, 물고기들 역시 산에서는 생존이 불가능하다. 조제는 이를
깨달으며 홀로서기를 아프게 시도하는 듯하다. 영화는 일본의 소
도시 풍경과 젊은 남녀의 표정을 영상으로 담아내면서도 시를 낭
송하는 것처럼 곳곳에서 울림의 목소리로 여운을 남긴다. 그 목소
리의 주인공은 조제와 어렵게(어렵지 않은 사랑은 없다, 결단코.) 사랑을 꿈
꾸던 쓰네오恒夫이다. 미숙한 젊음과 가난, 그리고 신체적 장애와
사랑에 대해 눈물을 글썽이는 목소리는 진정성의 품격을 갖춰 나
름 설득력이 있다.

조제는 몸이 불편하지만 자신의 한계에 쉽게 안주하지 않는다.
삶에 대한 뜨거운 열정을 지닌 조제에게, 세상을 향한 문을 활짝
열어주는 역할을 맡은 쓰네오와의 사랑은 자연스럽다. 사랑이 뜨
거운 만큼 이기적 욕망에도 계산이 없을 수 없다. 이별의 아픔으
로 울먹이는 쓰네오와 전동 휠체어를 끌고 홀로 외출을 시도하는
조제. 그 조제는 유머러스하고 늘 당당하며 때때로 심술궂으리만
치 까탈스럽고 자기중심적이다. 거동이 자유롭지 못한 장애의 짐
을 끌어안았다기보다는 보통의 젊은이처럼 미숙하고 세상 물정
모르는 철없음과 발랄함이 돋보인다. 짐짝처럼 방 안에 처박혀 고

립된 세계에 갇힌 조제가 특별 외출을 하는 건 할머니의 유모차에 숨어서이다. 하지만 이 영화를 장애인에 대한 특별한 시선이 담겨 있다고 지레짐작하는 것은 온당하지 않다. 동정과 연민과 특별함이 탈색된 '인간적인 너무도 인간적인' 이야기일 뿐이기 때문이다. 누구나 인간적 한계를 지닌 존재라는 것을 인정한다면 말이다. 단점이 없는 인간이 있을 수 없지만, 그 한계를 끌어안으며 사랑을 지속한다는 건 과연 얼마나 어려운 일인가. 불완전하기에 사랑하고, 사랑받으며 살아야 할 인간임을 우리는 가끔 아주 잊고 살지는 않는지, 다시금 생각해볼 일이다.

영화의 안과 밖을 넘나드는 사유의 즐거움은 누구의 몫인가.

우리는 유한성의 존재이기에 종교와 예술과 기타 등등의 무한한 세계를 동경하지 않는가. 조제가 누리고 싶은 아름다운 풍경은, 우리가 날마다 바라보는 그런 하늘과 바람과 꽃과 고양이와 구름일 뿐이라는 점이 어쩌면 특별하다. 외출이 자유롭지 못하기에 더욱 간절하게 계절의 아름다움을 사랑할 뿐인 것이다. 정규교육을 받지 못했지만 버려진 책으로 독서를 하고 소양을 쌓으며 바깥세상에 대한 호기심과 지적 욕구를 채워나가는 조제를 생각하면서 뭉클해지는 시간들을 나는 사랑한다. 밤이 깊을수록 별은 더욱 빛나듯이 한계에 갇힐수록 갈망은 더욱 강렬해져간다는 것을 깨닫는 시간이기 때문이다. 시멘트 바닥을 뚫고 나온 노란 민들레를 바라보며 짓는 미소처럼 벅차오르는 황홀감. 이런 시간에 나는 마술처럼 신비한 체험에 녹아든다. 조제와 멋진 교감이라도 나누듯 내 안의 단점과 한계조차 여유롭게 사랑하고 싶어지는 것이다.

　가장 멋진 장면은 조제가 의자에 앉아서 홀로 요리를 하는 당당한 모습이다. 마지막 장면에서도 조제는 생선을 굽고, 계란말이를 부친다. 평범한 요리를 특별한 맛으로 만드는 것이 진정한 실력이라면 조제의 요리 실력은 수준급이다. 사랑하는 사람을 위해 만들었던 맛있는 요리를 이제는 스스로를 위해 만드는 조제. 평범하지만 특별한 요리는 계속될 것이다. 자부심이 넘치는 요리처럼 조제의 앞날은 사랑하는 쓰네오가 옆에 없어도 그다지 나쁘지 않을 것이다.

　유별나게 자존심이 강한 조제와 유약하고 소심한 쓰네오의 만남은 처음부터 안정감이 없었다. 위태롭고 위험한 둘의 만남을 포기하면서 쓰네오는 슬프게 울지만 조제는 담담하다. 영화에서 시종일관 담담하게 그려내는 조제가 지닌 삶의 무게는 거꾸로 쓰네오에 의해 부각된다. 정작 힘든 삶을 살아가는 조제와 달리, 쓰네오는 힘겨운 사랑 앞에서 소심하고 유약한 인물로 설정된다. 눈물을 보이는 자와 감추는 자의 내면을 느끼는 건 오롯이 우리들의 몫이다. 불안하고 위태롭지 않은 사랑이 어디 있으랴.

　"헤어져도 친구로 남는 사랑이 있다. 하지만 조제는 아니다."

　첫 장면 쓰네오의 내레이션에는 시작과 끝이 버무려 있다.

첫사랑과 마지막 사랑

―

산사나무 아래

원제 ∣ 山楂树之恋

감독 ∣ 장이머우張藝謀 ∣ 중국 ∣ 2010

혐오스런 마츠코의 일생

원제 ∣ 嫌われ松子の一生

감독 ∣ 나카시마 데쓰야中島哲也 ∣ 일본 ∣ 2006

―

거실에 대형 텔레비전이 오면서 나 홀로 영화관을 만났다. 텔레비전 없이 10여 년 살다가 갑작스럽게 맞이한 이 불청객은 반갑지만 두렵기도 하다. 특히 드라마 중독증이 심하기에 텔레비전 연결이 주저되어 아직도 미루고 있는 참이다. 무더운 여름도 가고 선풍기를 간혹 틀면서 보내는 저녁 시간 커피 한 잔과 함께하는 영화는 천국이 부럽지 않은 달콤한 휴식이다.

한꺼번에 두 편의 영화를 보는 바람에 머릿속이 터질 것처럼 흔들거리지만 상반되는 인물의 일생을 생각해보는 계기를 마련할 수 있는 이득도 있다. 〈혐오스런 마츠코의 일생〉과 〈산사나무 아래〉 두 편 모두 이루지 못한 주인공의 사랑을 다루는데 그 접근 방법이 전혀 달랐다. 〈혐오스런 마츠코의 일생〉은 혼란스럽고 부조리한 인생을 다루는 데 반해 〈산사나무 아래〉는 영원히 변치 않는 사랑의 아름다움을 그리고 있었다.

마츠코松子는 원래 중학교 교사였다. 도난 사건과 관련하여 해고된 후 살인을 저지르고, 사랑하는 사람에게 휘둘려 매춘에 빠지는 등 혐오스런 모습으로 길거리를 배회하다 조무래기들에게 돌팔매질을 당해 처참하게 살해된다. '시시한 인생'이었다고 오빠는 단언하지만 조카인 쇼翔는 고모의 생애를 통해서 특별했던 인생의 이면을 이해한다. 고모는 몸이 아픈 여동생이 아빠의 사랑을 독차지한다고 생각하며 늘 애정을 갈구했던 유년 시절의 어린아이처럼 미숙한 사랑에 매달려 인생을 탕진했다고 보여지지만 그게 다는 아니라는 걸 이해한다.

아빠가 웃는 모습을 처음 접한 순간의 기쁨을 위해 일그러진 코믹한 표정을 짓는 마츠코. 웃을 때에도 일그러지는 마츠코의 표정이 의미하는 바는 무엇인가? 집을 떠나서 범죄자로 매춘부로 살면서 파멸했던 마츠코는 끝내 다시 집에 갈 수 없었다. 마츠코가 생전에 늘 바라보았다는 그 강은 고향 집에 있는 강과 비슷하다는 걸 드디어 쇼는 알아챈다.

아마도 쇼는 마츠코가 누군가에게는 '신'이었고 좋은 친구였으며 사랑받기 위해 사랑을 실천했던 '대단한 인생'이었다고 이해한 것으로 보인다. 그러니까 마츠코는 평탄한 삶을 꾸리지 못했지만 주체적인 인생을 살았던 건 분명해 보인다. 가족을 사랑하는 마음을 품고 살았으며, 쓰러지는 순간까지 사랑받기를 포기하지 않고 사랑을 바치는 삶을 살았던 것이다. 그 사랑을 '혐오스럽다'고 쉽게 말할 수 있을까?

〈산사나무 아래〉는 문화혁명 시절의 중국을 배경으로 하는 장이머우 감독의 영화이다. 이 영화의 여주인공 징추靜秋는 가난한 집안을 책임지기 위해 반드시 교사가 되어야 한다는 강박관념으로 생활한다. 아버지는 협동농장으로 끌려가고, 병든 엄마는 자본주의 사상을 가졌다고 곤욕을 치르며 삼 남매를 부양하고 있는 가정에서 선택의 자유는 아예 없다. 연약한 몸으로 리어카를 끌고, 삽질을 하면서 성실성을 인정받아야만 한다.

그런 징추에게 갑작스럽게 찾아온 설레는 감정은 자연스러운 성장통이다. 농촌활동 중 머물렀던 집에서 만난 라오산老三(셋째)과 징추는 비밀 연애를 했지만 결국 엄마에게 들켜서 정식 교사가 될 때까지 만나지 않겠다고 다짐을 한다.

"너희는 젊고 앞으로 만날 시간은 많다."

"…."

엄마의 단호함에 순응할 수밖에 없는 연인의 섬세한 떨림을 잡아내는 감독의 시선은 집요하다. 좁은 방 안에 카메라를 고정시킨 채, 세 사람의 색다른 숨소리까지 쫓는 집중력이 만드는 긴장감.

"마지막으로 징추 발에 붕대를 감겨주고 싶습니다."

셋째는 봉투(극도의 가난한 살림을 보여주는 설정이다)를 붙이는 엄마가 지척인 거리에서 징추 발에 붕대를 감으며 울음을 삼킨다. 라오산의 순수한 사랑이 눈물로 흐르는 순간, 발을 맡긴 채 앉아 있는 징추는 사랑하는 사람보다 몸이 아픈 엄마와 동생들을 돌봐야 하는 처지이다. 아니 아직 연애 감정을 알지도 못하는 소녀일 뿐이다. 세월이 흘러 정식 교사가 되었지만 셋째는 병이 들었고 이 소식을 듣고 찾아가지만 이미 늦었다. 셋째의 말이 의미심장하게 반복된다.

"징추가 살아 있으면 나도 살아 있을 거고, 징추가 죽으면 나도 죽는 거겠지."

죽은 셋째의 병실 침대 천장에 붙어있는 징추 사진이 클로즈업되는 순간, 아, 얼마나 보고 싶었을까, 참느라고 얼마나 힘들었을까, 유한한 존재인 인간이 누릴 수 있는 최대치의 사치가 사랑일지도 모른다. 그 사랑으로 인해 셋째의 죽음은 유한성을 넘어설 수도 있으니.

셋째는 죽어서 산사나무에 묻히고 징추는 미국 유학을 떠났지만 해마다 잊지 않고 이곳을 찾는다는 자막이 흐른다. 실화를 바탕으로 만든 영화라는 사실이 감동을 더한다. 지고지순 헌신적인 라오산의 사랑을 섬세하게 담아내는 감독의 손길은 문화혁명 시대 중국의 경직된 시대 분위기를 넘어 산사나무 붉은 열매로 흐른다.

아름답고 순수한 사랑을 보여준 〈산사나무 아래〉보다 구질구질한 사랑과 배신과 욕망을 다룬 〈혐오스런 마츠코의 일생〉에 더 오래 마음이 가는 이유를 나는 안다. 인생의 불가사의한 운명과 어리석은 인간의 욕망을 다양하게 변주하기 때문임을. 나 또한 그런 인생의 한복판에서 파멸과 추락과 순수함이 뒤섞인 사랑으로 뒹굴고 있음을 반추할 수 있기 때문임을. 그뿐인가. 누가 마츠코에게 돌을 던질 것인가. 비록 실패했을지언정, 그녀가 선택했던 적극적인 사랑의 몸짓들을.

가족을 사랑하는 방법은 전혀 달랐지만 마츠코와 징추는 잘난 자식과 속 썩이는 자식 각자가 보여준 가슴 아픈 가족 사랑을 일깨워준다.

〈화양연화〉는 첫사랑처럼 발칙했다

—

화양연화

원제 ㅣ 花樣年華

감독 ㅣ 왕자웨이 王家衛

홍콩

2000

—

나는 처음이라는 말에 예민한 편이다.

남들도 나와 같지 않다는 건, '초경'의 기억과 맞물려서이다. 어쩐 일인지, 출산의 체험에 담긴 스토리텔링은 저마다 푸짐했지만 '초경'의 기억을 털어놓는 여성을 만난 적은 드물었다. 많은 여성들이 '생각나지 않는다'고 말했을 때 정말이지, 믿기 어려웠다. 어떻게 그날의 떨림과 두려움과 초조함을 잊고 살 수 있을까?

나의 경우는 새벽부터 으슬으슬 춥고 입맛도 없었던 기억이 생생하다. 잠이 많고 식탐이 유별난 편인데 그날은 일찍 눈이 떠졌고 김밥 속 단무지가 돌처럼 딱딱해서 씹기가 싫었고 김의 이물감이 입안에서 겉돌면서 기분 나쁜 해초 냄새가 났다. 그렇다고 해서 내가 유달리 민감한 성격은 아니다. 대부분의 경우 무디게 넘기는 걸 좋아하는 축에 속한다. 당연히 책임질 일도 줄고, 부대낌으로 발전될 싹도 애초에 잘라버린다.

반복되는 일상을 탈주하는 힘을 '처음'은 가지고 있는 것이 아닐까. 처음과 만나서 이루어지는 화학반응은 폭발적으로 증폭하여 새로운 힘을 만들어내는 것이 아닐까. 처음의 상황은 그렇게 씨앗처럼 심어져 싹이 트고 잎을 만나, 꽃을 피워내고 열매를 맺는 성장과정을 함께한다.

생애 처음 바다를 만난 체험과 기타 등등… 처음이라는 단어는 미지의 세계와 만나는 달콤함과 신비함이 잘 버무려진 언어이다. 첫눈 오는 날이면 여학생들은 첫사랑 이야기를 졸랐다. 교직에 있는 30년 동안 만들어낸 첫사랑 스토리는 체험을 상상과 버무려서 해마다 조금씩 살이 붙었다. 매달 치러내는 달거리 의식도 내게는 초경의 체험을 되새기는 새로운 스토리텔링의 역사였다. 생각해보니 〈화양연화〉 또한 나에게는 첫사랑 같은 영화, 영화와 마주친 첫사랑이었다.

영화의 마력에 처음으로 퐁당 영혼을 빠뜨리게 된 순간이었다. 낯선 문을 열고 새로운 세계를 접했던 게 그때부터였다. 그렇다고 이 영화가 절대적인 매력이 있어서는 아니고 단지 나와 맺어진 특별한 인연일 것이다. 당시 이루어지지 않는 갈망으로 고갈된 임계 지점에서 절실하게 탈출구가 필요했을 것이다.

2000년대 초반 나는 40대 중반이었고, 삶의 목표는 욕망의 억제였다. 하루에 한 끼만 먹으면서 최대한 말을 절제하고 수녀처럼 간결하게 살고 싶었다. 자신에게 과도하게 어둡고 무거운 생활 방식을 강요하였다. 검약과 절제로서 정신적 아름다움을 꽃피우고 싶었다. 죽지 않을 만큼만 먹고 자고 나머지 시간에는 독서와 명상으로 살고 싶었던 시절. 하지만 나의 실천은 비루했고, 현실 적응이 힘겨워 방황했다.

주어진 현실을 통째 거부하고 싶었으나 그러지는 못했다.

가출이나 출가를 하지 못했고 대신 영화와의 '연애'를 시작했다. 나에게는 독서라는 오랜 동지가 있었다. 영화라는 연인을 만난 건 외도라고 할 수는 없지만 샛길임에는 틀림없다. 가끔 새로운 길을 가고 싶을 때, 영화는 나에게 무한한 영감이자 현실적 에너지로 다가온다. 그리하여 영화 관련 글을 쓸 때의 맹목성과 거침이 없는 순간을 나는 사랑한다. 연인을 향한 애정공세일 뿐이니까 여기면 몸과 마음이 가벼워지고 그래서 자유롭다. 당연히, 헛소리도 많고 허장성세도 있겠지만 두렵지 않은 것이다.

〈화양연화〉는 그렇게 첫사랑처럼 뜨겁게 다가왔다.

영화의 내용을 문자 언어로 표현하면 유부남, 유부녀의 진부한 러브 스토리이다. 서로의 배우자끼리 만남을 확인하기 위해 조심스레 시도하는 접촉은 스스로의 정당성을 합리화하기에 충분하다. 1962년 홍콩의 시간과 공간을 떠올려본다면 그들의 떨리는 심정을 더욱 리얼하게 느낄 것이다. 만나서 배신당한 슬픔과 막막함에 빠진 서로를 위로하다가 사랑하게 된다는 것이다. 그렇지만 비도덕적인 불륜에 빠지지 않기 위해 이별을 선택한다는 내용이다.

하지만 영상 언어는 인물들의 숨겨진 욕망을 은폐와 표출을 활용하여 숨이 멎을 듯한 아름다움으로 보여주는 것이 아닌가. 모든 상황은 '처음'이자, '새로움'의 맥락에서 재해석이 가능하다. 동일 반복으로 보이는 나날의 단순한 만남을 새롭게 이끌어내는 마술이 설득력 있게 다가오는 것이다.

주인공 남녀는 같은 날, 같은 건물로 이사 온 저우무윈周慕雲과 쑤리전蘇麗珍이다. 지역 신문사에서 데스크로 일하고 있는 저우무윈은 기혼 남성이고, 무역 회사에서 비서로 일하고 있는 쑤리전 역시 기혼 여성이다. 저우무윈과 쑤리전은 서로의 배우자끼리 바람이 나서 만나게 된 불편한 관계이다. 저우무윈은 쑤리전이 아내와 똑같은 핸드백을 가지고 있으며, 쑤리전은 저우무윈이 남편과 같은 넥타이를 매고 있다는 사실을 확인하면서 자신들의 배우자가 자신들 몰래 만나고 있다는 사실을 깨닫게 된다.

같은 건물에 살다 보니 둘은 당연히 자주 마주친다. 처음에는 서로가 사랑하는 사람을 잃은 아픔과 배신당한 서러움을 솔직하게 말하고, 서로 위로해주면서 관심을 갖게 되었다. 동병상련으로 만나다가 자연스럽게 서로의 시선을 밀착시킨다. 간결한 대사와 화면을 가득 메우는 치파오의 영상으로 다가오는 장만위張曼玉(쑤리 전 역)와 소년처럼 그윽한 눈길의 량차오웨이梁朝偉(저우무원 역)가 멋진 화음을 이루어 리드미컬하게 둘의 만남이 이어진다.

왕자웨이王家衛 감독의 작품은 그렇다. 영상미를 통해 대사를 극도로 자제한다. 배우 장만위의 치파오를 입은 모습은 극 중 남편이 다른 여자와 바람이 나서 떠난 상실감을 억지로 감추고 있는 듯 온몸을 꼭꼭 동여매고 있다. 차이나 칼라로 가려진 목선과 발끝까지 닿는 길이의 옷차림은 닫혀 있는 울음이 배어 있다. 그녀는 차츰 현실을 인정하고 떠난 남자를 잊고 새 출발을 하고자 한다. 그때 어디선가 그녀를 바라보는 시선을 느낀다. 자신의 남편과 함께 떠난 여인의 남편인 저우무원이다. 배우 량차오웨이는 〈색色, 계戒〉(2007)와 몇몇 작품에서 만난 이미지가 강렬하다기보다는 모성애를 불러일으키는 소년처럼 아련한 스타일로 남아 있다. 소년의 갈망하는 그 눈빛으로 그녀를 응시한다. 그저 바라만 보는 것이다. 사실 그녀의 가려진 몸을 통해 흘러나오는 육체의 언어는 터질 듯 부풀어 오른다. 처음에는 배신감에서 오는 슬픔과 허무였지만 점차 꿈꾸는 소녀처럼 영롱함인가 싶더니 요염함과 정염의 언어가 뿜어 나온다. 그녀는 적극적으로 애정을 표현하였으나, 저우무원은 망설이기만 한다. 그녀의 행복을 지켜주고 싶지만 자신이 없는 것일까.

화면의 영상은 흐르듯 속삭인다.

'사랑은 절대적인 것도 일회적인 것도 아니라는 것. 사랑에 모든 것을 맡긴다 하여도 순간일 뿐이라는 것.'

결국 이 둘의 만남은 소심함과 머뭇거림 속에서 어긋나기만 한다. 1962년 홍콩, 골목길을 오가며 부딪치는 숱한 인연의 만남과 사라짐이 다했을 뿐인 것이다. 이별 혹은 단절만이 최선의 방책인 것처럼 둘의 사랑은 스스로 절제되고 금지당한다. 사랑의 행위가 용납되는 윤리에서 이들은 자유롭지 못하다. 사랑하는 사람을 곤경에 처하게 만들 수도 없다.

현란한 화면편집과 감각적인 화면구성 대신, 느린 템포와 정적인 화면구성을 통해 주인공들이 조근조근 이야기하는 분위기를 만들어낸다. 저우무원과 쑤리전, 서로의 몸이 닿을 듯 말 듯한 배치만으로 생략된 언어가 무궁무진하게 피어난다. 뻔한 멜로드라마의 전형적인 장면들 또한 진부하지 않게 담아냈다. 영화 제목 '화양연화'는 인생에서 가장 아름다웠던 한 시절을 은유하는 말로, 가수 '저우쉬안周璇'이 부른 동명의 곡에서 제목을 차용했고, 영화의 삽입곡으로도 사용되었다. 최근 '방탄소년단' 또한 동명의 앨범을 발표했다.

저우무원은 캄보디아 앙코르와트의 돌구멍에 사랑의 비밀을 봉인하는 의식을 거행한다.

사랑의 고백이 지닌 유한성에 대항하는 표정을 보여준다고 할까. 헤어진 연인에게 고백하는 사랑의 언어가 역설적이다. 처음과 끝의 영원한 사랑을 갈구하는 언어 표출 행위는 애처롭다. 어쩔 수 없이 우리는 인간의 유한성을 인정해야 한다. 그리하여 인간의 모든 사랑은 유한하다는 것, 사랑은 변하고 반복한다는 것, 배신당한 사랑 역시 사랑의 또 다른 밑거름인 것을, 그에 대항하는 유일한 방법은 사랑밖에는 없다는 것을. 모든 사랑은 '처음'의 씨앗을 키워냄으로 가능하다는 것을. 영화는 러닝타임 내내 다양한 방법으로 사랑의 언어를 속삭인다.

〈신세계〉는 유혹이다

—

신세계

감독 | 박훈정

한국

2012

—

천주교 신자는 아니지만 고해성사를 하고 싶을 때가 있다. 〈신세계〉에 매료되거나 그 분위기에서 허우적거릴 때마다 남의 남편을 탐하거나, 도둑질의 충동을 느끼기라도 한 것처럼 죄의식이 따라붙는다.

"신부님, 저는 〈신세계〉 광팬입니다."

그렇게 고해성사를 노크하면 신부님은 뭐라고 하실까? 이렇게 말씀하실 확률이 높겠지.

"자매님, 하느님은 자매님을 사랑하십니다. 〈신세계〉도 사랑하십니다."

모태 크리스천은 아니지만 나도 그쯤은 안다. 하느님이 영화에 대해 높은 식견과 다양한 안목을 지니고 계시겠지. 설마하니 편견을 가지실 리가 있는가. 어쩌면 다양한 영화를 두루 사랑하라고 하실 것 같다. 신부님도 그런 수준의 지극히 평범한 말씀으로 마무리하실까. 고개를 갸웃거린다.

"신부님, 저는 당당하게 〈신세계〉를 좋은 영화라고 말하기는 힘듭니다. 저는 중독에 걸린 것처럼 이 영화가 생각날 때가 많고, 그 강렬한 끌림 때문에 가끔 이 영화를 봅니다. 일 년에 두세 번쯤⋯ 이 증세가 시작된 건 4년 되었습니다."

아, 나는 우연한 기회에 이 영화를 보게 되었는데 지금까지 열 번도 넘게 보았지만 누구와 같이 보자는 말을 꺼내지는 못한다. 이 영화를 'B급' 영화라 스스로 규정하면서도 중독자처럼 반복해서 재생 버튼을 누르는 나 자신을 스스로 이해하지 못해서 쩔쩔맨다.

"자매님, 누군가에게 피해를 주는 것도 아닌데 왜 걱정을 사서 하십니까. 그런 걱정할 시간에 마음을 위로해줄 음악을 듣거나, 품격 있는 책을 읽으십시오. 집 안 청소를 하거나 응달의 이웃들을 찾아 봉사 활동을 하면 더 좋겠지요."

"저는 가족이 함께 볼 만한 영화를 사랑하고 싶습니다. 최소한 〈신세계〉보다 조금은 더 건전하고 여운이 남고, 따뜻한 영화를 사랑하고 싶은데, 왜 이런 영화에 끌리는 걸까요? 제 몸에 생태적으로 나쁜 피가 흐르나 봐요."

"자매님, 영화는 영화일 뿐입니다. 자매님이 사랑해선 안 될 영화는 없습니다. 마음이 가는 대로 자연스럽게 그 흐름에 눈을 맡기면 됩니다. 자매님이 영화에 열광하는 모습도 하느님이 보시기에 좋을 것입니다."

"제가 이 영화를 좋아하면 안 되는 첫째 이유는 등장인물이 남성 중심이라는 점입니다. 조폭 이야기이고, 그것도 조폭의 우두머리가 되기 위하여 쉴 새 없는 칼부림과 비속어와 담배 연기가 난무하는 이야기라는 것입니다. 백가쟁명처럼요. 아, 세상의 절반인 여자들의 이야기가 전혀 없어요. 이런 말도 안 되는 남성 액션 조폭 스토리에 제가 끌린다는 건 치욕입니다. 물론 〈조폭 마누라〉(2001) 같은 여자 행동 대원의 출연을 기대하는 건 아닙니다. 주먹질의 스릴보다는 저는 우리 사회의 문제점을 느끼고, 해결 의지를 보이거나 최소한 아파하는 회한의 모습이 담긴 영상을 좋아하는 사람입니다. 〈신세계〉는 제가 좋아하는 분위기와는 전혀 얼토당토않다는 겁니다."

"자매님, 인간은 하느님이 창조하실 때, 자유의지를 주셨습니다. 그리하여 인간은 모순적이고 불합리한 존재입니다. 영화든, 문학이든, 이런 인간의 맨얼굴을 보여주는 건 지극히 당연한 것이고, 그 속에서 자연스럽게 끌림이 있기 마련입니다."

"그러면 〈신세계〉가 보고 싶을 때, 앞으로도 얼마든지 봐도 되는 거지요. 앗, 고맙습니다."

"자매님, 사랑합니다. 하느님도 자매님을 사랑하십니다. 〈신세계〉도 사랑하고, 자매님의 현실도 사랑하시기 바랍니다."

마지막에는 신부님이 축원 기도 같은 걸 해주실지도 모른다는 상상을 해본다. 신부님도 〈신세계〉를 좋아한다고, 게다가 신세계의 원조격인 〈대부The Godfather〉(1972)도 즐겨보신다고 덧붙여주신다면 물론 좋겠지.

친절하고, 똑똑하고, 사랑스러운 우리들

—

헬프

원제 ┃ The Help

감독 ┃ 테이트 테일러Tate Taylor

미국

2011

—

국내 유명 항공사 오너 일가의 '갑질'과 불법행위들이 고구마 뿌리처럼 헤쳐지면서 한반도를 흔들어대고 있다. '땅콩', '물컵' 등의 비인격적 욕설에서 시작되더니 기호 식품, 부당이득을 취하기 위한 밀수 등등 숱한 소문에 이어 외국인 가사도우미 불법 고용까지 검찰 수사에 오르내린다. 한국어를 모르는 그들을 기계처럼 부려먹으며 비용을 절감하려는 도덕성 문제가 아닌 불법행위로 전이되었다. 법률의 선을 넘어선 이들에게 노블레스 오블리주Noblesse oblige의 가치관은 '돼지 목에 진주 목걸이'이다.

사회의 주요 인물로 추앙받았던 사람들까지 범죄자의 잣대를 들이댈 수밖에 없는 현실이 분노를 넘어 슬프다. 늦었지만 범죄자에게 당연한 대가(그동안 받은 혜택까지 포함한)를 치르도록 조치할 수 있어 다행스럽지만 고래 싸움에 새우 등 터진다고, 외국인 가사도우미에게 피해가 가지는 않을까 걱정스럽다.

'가사도우미'라는 말에 나는 유독 민감하다.

고등학교 2학년 때 가출하여 가정부 생활을 했던 적이 있었다. 당시는 식모라는 말을 많이 썼는데, 가정부라는 말이 바야흐로 도입되기 시작한 1978년도였다. 고학을 위해서 집을 나왔으니 이른바 생계형 가출이었는데 마땅한 알바를 찾기 힘들어 입주 가정부 생활을 한 달 했다.

주인집은 평화로웠고 언변으로 베풀 줄 아는 사람들이었다. 가족처럼 지내자며 미소 지었지만 가족들이 먹고 남은 음식만 먹도록 했고 또한 실밥이 너덜너덜한 옷을 주며 선심을 베푸는 제스처를 취했다. 초등학생 머슴아들은 다소 짓궂었지만 중학교 3학년 여자애는 학용품을 주며 열심히 사시라고 온정을 베풀고 싶어 했다. 나쁜 사람은 아니었지만 절대로 가족처럼 지내려는 마음은 없었고, 가출 여고생을 싸게 부려먹으려는 얌체 가족임을 서서히 깨달을 수 있었다.

가난한 부모님에게 학비 타는 일이 죽기보다 싫어서 감행한 가출이었지만 얼마나 배부른 행위였는지 처절하게 깨우칠 수 있었다. 세상은 가난한 부모님의 호주머니보다 훨씬 더 각박했던 것이다. 그때 주인집 아주머니가 자주 했던 '가족처럼'이라는 말에 의심을 품었던 나의 판단은 옳았다. 그러니까 '가족처럼'이란 말은 노동력을 쥐어짜는 구실이다. 하지만 정작 노동력을 제공하는 사람이 속없이 착했다면 어땠을까? 먹여주고, 입혀주고, 목욕을 시켜주면서 어쩔 수 없이 정이 들게 된다면 말이다.

영화 〈박열〉(2017)의 연인 후미코는 고학을 하면서 안 해본 일이 없다. 정에 굶주리다가 가정부로 들어간 주인집에서 가족처럼 도와달라고 사정하는 말에 발목이 잡혀 고생했던 일화가 나온다. 취직 기회도 미룬 채, 주인집 일을 돌보았지만 1년 동안 일한 보수를 한 달치만 받아야 했던 황당한 사연도 나온다. 오늘날에도 외국인 노동자나 지적장애인을 대상으로 이런 일이 버젓이 자행되고 있음을 접할 때가 있다.

제목의 의미는 '하녀(가사도우미)'이다. '돌봄 노동자'를 지칭하는 단어는 노예에 뿌리를 두고 있다고 여기는 사람들과 끊임없는 전쟁을 치르는 듯하다. 한국에서는 '하녀', '식모', '가정부'를 거쳐 '가사도우미'로 정착된 이 언어에는 최하층의 여성이 가사와 육아의 노동력을 제공하면서 신분 관계를 견고하게 키워왔다.

배경은 1960년대 미국이다. 흑인은 노예에서 해방되었지만 육체노동에 종사하며 천대받는 생활을 영위했다. 미국 중산층에서는 흑인 여성을 고용하여 아이들을 키우고, 음식을 만들고 집안일을 맡겼다. 그즈음 흑인을 노예로 부리던 시대는 지났지만 흑인 여성 임금은 매우 저렴했다. 출퇴근하며 일하는 흑인 여성에게 지불하는 급료도 매우 적었다. 그러하니 법률적으로는 자유인이었고 사생활이 보장되었지만 흑인 여성은 경제력이 없어서 노예와 유사한 처지였다. 그래도 안정된 고용이 보장되는 일은 '헬프' 이외는 없었으니 '울며 겨자 먹기'이다. 남자들 역시 일자리를 얻기란 하늘의 별 따기였으니 적은 급료라도 굶어 죽지 않을 만큼 벌어 가계에 보탬이 되는 걸 수용해야 했다. 노예제도 폐지 이후에도 흑인의 삶은 굶주림, 일상화된 차별 대우 그리고 무분별한 폭행으로 근근이 연명했다.

여성들이 유독 많이 등장하는 이 영화는, 표면적으로는 흑인 가정부와 백인 안주인의 소소한 갈등이 중심축을 세운다. 가정부와 안주인의 대결이란 승자가 정해진 경마처럼 맥 빠지는 게임이지만 인종차별과 결합하여 거대담론과 맞물리면 문제가 달라진다. 노예 시대처럼 착취당하고 비인격적 처우에 내몰리던 흑인 가정부가 부당함에 대해 서서히 분노하고 자신의 존재 가치를 자각하는 것이다.

백인 소녀 스키터Skeeter는 흑인 차별이 공공연히 행해지는 현실에 분노한다. 그는 갈 곳이 없는 줄 뻔히 알면서 늙은 가정부를 해고하는 엄마에게 정나미가 떨어진다. 자신의 유모였던 그녀에게 엄마보다 더 많은 사랑을 받고 성장했음을 상기하며 괴로워한다. 스키터는 남부 중산층 가정의 보통 소녀들처럼 흑인 가정부의 손에서 자랐지만, 백인 아이들이 자라 20년 동안 키워준 이들의 상전이 되고 심지어 그들과 화장실도 같이 사용할 수 없게 되는 모순에 모른 체 넘어갈 수 없었다.

그러나 그녀의 친구들인 중산층 백인 안주인들은 여전히 흑인 가정부에게 인종차별을 자행한다. 비 오는 날 흑인용 실외 화장실을 사용하지 않았다고 가정부를 해고하는 힐리Hilly가 그 대표적인 인물이다. 집안일과 자녀 양육은 흑인 가정부에게 맡기고 자선사업 등 외부 행사에 바쁜 그녀들의 위선과 이중성의 면모를 적나라하게 보여준다.

스키터는 여자의 삶은 결혼이 전부라는 고정관념과 맞서며 자신의 삶을 살기 위해 신문사의 기자로 취업한 주체적인 여성이다. 미혼인데 외모를 치장하지 않는다며 실패자 취급을 당한다. 스키터는 신문사의 기획 칼럼을 쓰는 대신 가정부 이야기를 취재하여 출판을 기획한다. 픽션보다 더 잔인하고 슬픈 실화를, 흑인 가정부들 스스로 차별당한 이야기를 다큐멘터리식으로 생생하게 증언하는 글을 시도한 것이다.

1960년대 초 미시시피주,

"백인에 관한 유색인들의 동등권을 주장하는 글을 인쇄, 출판,

배포하는 자는 체포, 투옥된다"는 '소수민족 행동강령'이 주어졌던 시기에 무모하게도 흑인 가정부들의 목소리를 담은 책이 출간된다. 기적과도 같은 일이 이루어진 것이다. '대학물을 먹은' 23세의 여성이 13인의 흑인들을 인터뷰하여 쓴 책, 이들은 생사를 걸고 만남을 감행한다.

"그거 아세요?"

"며칠 전 제 친구는 시위에 나갔다는 이유만으로 집에 불이 났어요. 제가 인터뷰를 한다는 걸 알면 저는 죽을지도 몰라요."

"그저 사실을 이야기하면 돼요. 어떤 일을 겪었는지만요."

"그것만으로도 위험하다고요."

스키터는 흑인 여성 가정부 에이빌린Aibileen에게 묻는다. 열네 살부터 평생 17명의 백인 아이를 키웠지만 정작 자신의 아이는 방치해야 했던 기분이 어떤지, 다른 꿈을 꾼 적은 없는지.

아이의 유모 역할을 하는 사람은 아이들과 정이 들고 깊은 유대감으로 맺어진다는 점이 특별하다. 에이빌린은 속이 깊고, 지혜로운 여성이다. 그녀는 자신의 아이들을 떼어놓고 남의 아이를 돌봐야 하는 아픔 속에서도 성실하게 일해왔다. 하녀로 일하지만 백인 아이들을 보살필 때는 수녀처럼 아름답고, 자애로운 교사처럼 사려 깊다(영화에서 이 여인의 관점과 영향력을 보다 확장했다면 좋았을 것이라는 아쉬움이 컸다).

어린아이들은 다르다. 어른들의 인종차별에 물들지 않아서 우유를 먹이고 자장가를 불러 재워주며 자신을 보살펴주는 그녀에게 정이 듬뿍 들었다. 그런데도 힐리는 자신의 아이를 사랑으로 돌보는 에이빌린에게 도둑 누명을 씌워 쫓아낸다(자신의 자녀들이 입을 상처를 걱정할 만큼의 인간미도 부족한 여인이다). 에이빌린이 스키터가 쓴 책에 협조했다는 걸 알기 때문에 복수를 감행하는 인물이다.

"그 책으로는 널 감옥에 넣을 수 없지만 절도죄로 보낼 순 있지."

에이빌린은 자신을 도둑으로 몰며 협박하는 힐리의 속셈을 알지만 현실적으로 힘이 없다. 결국 에이빌린은 억울하게 쫓겨나고, 아이들과 눈물로 이별한다. 그러면서도 아이들을 돌보면서 에이빌린이 했던 말이 진하게 아프다.

"넌 친절하고, 넌 똑똑하고, 넌 사랑스러운 존재야."

그 말을 가장 듣고 싶던 건, 바로 자신이었음을 처음에는 몰랐다. 그리고 본인이 작가가 될 것임을 에이빌린 스스로 깨닫는다.

『나쁜 페미니스트』(사이행성, 2016)의 저자 록산 게이Roxane Gay는 이 영화에 신랄하게 비평을 던진다. 대부분 맞는 말이다. 1960년대 인종차별의 상황을 재현하지만 현재 시점에서 새로운 자각이나 문제의식을 키워준다고 보기는 어려우니 말이다. 화면을 사로잡는 화려한 색감과 여자들의 수다가 공허한 만큼 흑인 차별에 대한 시선이 진부한 것도 문제점으로 지적된다. 흑인 여성이 사회적 지위가 낮은 돌봄 노동자로 등장하고, 백인 여성 스키터에게 의존하는 설정 또한 매우 불편하다. 2018년, 평범한 흑인 여성의 입장에서 이 영화는 무슨 의미로 다가올까.

세 여자 이야기

—

히든 피겨스

원제 ┃ Hidden Figures

감독 ┃ 시어도어 멜피Theodore Melfi

미국

2016

—

제목의 의미가 심오하다. '히든 피겨스Hidden Figures'.

'히든'은 감추다, 숨기다의 의미로 통한다. 그런데 '피겨스'는 무엇인가, '피겨스'는 숫자, 손가락 등 다중 해석이 가능한 문자이다. 결국 '무엇을 숨겼다'의 그 무엇을 우리는 다양하게 유추해야 한다. 영화에서 그 무엇에 해당하는 이야기를 '흑인 여성의 능력과 행복'이라 읽는다.

'여자가 똑똑하면 불행하다.'

'여자는 나서지 말아야 한다.'

1950~1960대 여성 작가들의 상당수가 뛰어난 두뇌였음에도 정상적으로 학업을 마치지 못한 경우가 많았던 이유이다. 집안이 가난해서 남자 동생과 오빠를 위해 돈을 벌어 학비를 보태는 경우는 보통이었다. 살 만한 집안에서도 남자들이 기를 빼앗긴다고 일부러 딸에게 교육을 시키지 않은 경우도 많았다. 합리적인 사고로는 어이없는 노릇이지만 당시 가부장제 사회의 뿌리는 깊고 단단했다.

'마녀사냥'이라는 단어를 떠올려본다. 이 말은 종교적인 뉘앙스를 띠지만 사실은 치열한 경쟁에서 우위를 차지하려던 남성의 '갑질'이었던 경우가 많았다. 치유하는 능력, 다스리는 능력, 많은 사람에게 사랑을 받는 탁월한 능력을 지닌 여성을 제거하기 위한 일종의 정적 죽이기였던 것이다.

이 영화를 보면서 조선희 소설『세 여자』(한겨레출판, 2017)에 등장하는 인물들, 허정숙, 주세죽, 고명자를 생각한다. 한국의 근대사에서 활동했던 진보적인 여인들의 삶은 당당했지만 가시면류관의 고통처럼 힘겨웠다. 대표적인 신여성 작가라 할 김명순, 나혜석, 김일엽 또한 마찬가지였다. 김동인, 주요한 등 당대의 남성 작가들은 자유분방했던 그녀들을 비난했다. 작품에 대한 정당한 평가는커녕 호기심으로 얼룩진 개인사를 끄집어내어 공격과 비난의 표적으로 삼았다.

흑인 여성 세 명은 나사NASA에서 근무하는 탁월한 재능과 열정의 소유자이다. 하지만 1961년 미국에서는 인종차별이 일상화되었던 시대였고 게다가 흑인 여성이다. 흑인 전용 화장실과 컵, 도서관, 학교, 버스 좌석으로 상징되는 차별 속에서도 기죽지 않고 자신의 꿈을 키우는 모습은 유쾌 발랄하다. 차별을 행하는 자와 차별을 당하는 자 둘 중에서 누가 진실의 편에 가까운가. 백인들에 비하여 우월한 능력이 있다는 자부심 못지않게 삶을 사랑하는 그녀들의 진정성을 보라. 컴퓨터 프로그래머 도러시Dorothy Vaughan와 수학 천재 캐서린Katherine Johnson), 엔지니어를 꿈꾸는 메리Mary Jackson가 자신의 능력을 발휘하며 인종차별에 저항하는 역사를 만들어나간다.

도러시는 컴퓨터가 도입되면 수를 계산하는 지하실 흑인 여성들의 일자리가 사라질 것을 예견하면서 컴퓨터 프로그래밍을 독학한다. 도서관 이용의 제한과 고급 정보를 차단하는 두꺼운 벽을 뚫고 그녀는 당당하게 지하실을 벗어나서 동료들을 이끌고 컴퓨터 작업으로 새로운 수작업의 시대를 이끄는 리더가 된다.

수학 천재 캐서린은 비상한 능력을 인정받아 우주 비행 작업에 투입된다. 그러나 흑인이라는 이유로 기밀 유지를 위해 중요 문서의 숫자를 검게 칠한 후, 오류를 발견하라는 황당한 상황에 처하지만 포기하지 않고 프로젝트의 성공에 결정적인 기여를 한다.

메리는 엔지니어가 되기 위해 수강해야 할 과목을 여성에게만 금지한 법률을 고쳐줄 것을 법원에 공개적으로 요구하며 금지 영역에 도전한다.

"판사님은 100년 후에도 남을 위대한 판결을 할 수 있습니다."

재판에서 메리는 당당하게 자신의 꿈을 밝히며 흑인 차별 법률을 무력화시키는 데 성공하여 최초의 여성 우주 비행 엔지니어가 된다. 인종과 성별의 차별을 뚫는 의지가 역사 발전의 원동력임을 몸소 증명한 셈이다.

그나마 세상을 잘 태어난 셈이다. 이들이 1900년 이전에 태어났다면 마녀가 되어 화형에 처해졌을 것이다. 1920년대 한국에 태어났다면 식민지의 화가 나혜석처럼 가족과 사회에서 버림받은 채, 행려병자로 생을 마감했을지도 모른다.

세 명의 흑인 여성이 미국 나사NASA에서 중책을 맡아 활동하는 실존 인물임을 알리는 자막과 사진이 영화의 마지막을 장식한다. 영화처럼, 일에 열중하는 여성들이 더 이상 불행하지 않으려면 역사의 도정에 동력을 주어야 한다. 이제 적극적으로 사회 활동을 하는 여성들이 '일과 가정'의 양자택일을 강요받지 않았으면 좋겠다. 직장에서 존경받고, 가족에게 사랑받으며 결혼과 자아 성취를 성공적으로 이루며 행복하기를, 제발.

늙은 남자의 마지막 사랑

—

오베라는 남자

원제 | A Man Called Ove

감독 | 한네스 홀름Hannes Holm

스웨덴

2015

—

그 이야기를 하고 싶다, <오베라는 남자>.

1인 가족 또는 독거노인 이야기. 영화보다 베스트셀러의 주인공으로 더 유명했던 이 남자가 세계의 주목을 받은 바 있다. 괴팍하고 이기적이고 냉정한 이 노인에게 끌리는 이유는 무엇일까? 어쩌면 고독한 인간의 보편적 사례일 수도 있는 이 남자의 사연이 옆구리를 비집고 들어오는 건 영상 언어의 힘과 무관하지 않다.

플레이보이 아들이 뿌려놓은, 고물거리는 손자 손녀를 거둬 먹이다가 한겨울 냉방에서 아사餓死했던 옥희 할머니는 유년 시절 옆

집 친구 할머니였다. 이 영화를 보면서 복지 제도가 전무했던 1970
년대가 떠올랐던 건 결코 우연이 아니다. 물론 복지 제도가 인간
의 고독을 해결해줄 것이라 기대하는 건 아니다. 아수라판 인생에
속 시원한 해답은 존재하지 않기에 컨닝도 불가능하다.

그리하여, 세계 최고 수준의 복지국가인 스웨덴에서 펼쳐지는
오베Ove라는 남자의 사연은 환경의 차이에도 불구하고 아파트 현
관문을 사이에 둔 나의 이웃, 또는 100세 시대 우리 모두의 자화상
으로 볼 수 있다. 성당 생활을 하는 친구가 들려준 앉은뱅이 할머
니의 실존도 고스란히 한국판이다. 불편한 몸으로 한 칸 살림살이
를 반짝반짝 닦아놓고 쑥개떡까지 만들어놓고 유일한 방문객인
신부님 일행을 정갈하게 맞이한다는 깊은 산골에 홀로 사는 할머
니 이야기이다. 불편한 몸으로 외롭게 늙어가면서도 폐가 될까 타
인에게 다가가지 못하는 사람들. 오히려 고슴도치처럼 가시를 세
워 접근을 차단한 채 자발적 고독을 선택한다. 도움의 손길에 먼
저 손 벌리기는 죽기보다 싫기 때문에.

그렇다. 오베는 아내의 사망 후 따라 죽기로 결심한다. 둘이 의
지하며 살던 세상을 혼자 감당하기는 엄두가 나지 않는데, 그 사
연들이 영상이 되어 관객을 끌어들인다. 오베가 죽음을 결행하는
드라마틱한 장면은 번번이 좌절되면서 웃음을 유발하는데, 비극
의 한 장면이 화해와 소통의 과정으로 거듭나는 순간이 반복되는
것이다. 죽음을 결심한 오베를 삶의 세상으로 불러내는 방법은 의

외로 단순하다. 사랑하는 아내의 이름을 부르는 사람들에게 그의 마음이 저절로 열리기 때문이다. 진한 인간미가 뚝뚝 떨어지는 명장면들도 코믹하게 그려진다. 자전거를 고쳐주고, 운전 연습 제안을 수락하는 등 우연히 철로에서 떨어진 사나이를 구하기도 하지만 죽음만이 해답이라 믿는 이 고집불통의 노인에게 세상은 어떻게 응답하는가.

서서히 '오베라는 남자'의 정체가 한 꺼풀씩 젊어지는 영상은 유년, 청년의 스토리와 현재를 교차편집으로 보여줌으로써 몰입도를 높인다. 먼저 어머니가 부재했던 유년 시절이 드러나고 아버지의 죽음으로 이어지는 고립적 삶은 사랑에 눈을 뜨면서 극복된다. 첫눈에 반한 여인, 신분 차이를 극복한 결혼, 그리고 이어지는 불운들. 지혜와 사랑으로써 삶은 건강하게 회복되었으나 아내는 휠체어 신세를 져야 했다. 그래도 둘의 사랑은 여전히 아름답고 행복했다.

이 영화에서 그녀들의 역할은 파워풀하다. 소냐Sonja와 파르바네 Parvaneh, 이 두 여인이 중심적 배역을 담당한다. 소냐는 오베의 아내이고 파르바네는 오베의 이웃에 이사 온 이주민 여성이다. 오베의 아내 소냐는 남편의 행복과 삶의 의미를 책임지는 구원자 여성의 이미지로 오베를 지배한다. 하지만 먼저 세상을 떠났다. 이후 홀로 남겨진 오베의 옆집에 이사 온 가족은 아랍계 이주민들이다.

무능한 남편 대신 가족을 책임지다시피 하는 파르바네, 그녀를 외면하는 건 도리가 아니라는 듯 아기 돌보기, 운전 등 소소한 일들을 돕다가 오베는 마음 좋은 할아버지, 고마운 이웃사촌으로 새롭게 태어나는 듯하다. 파르바네는 소냐처럼 유능하고 열정적인 인물은 아닐지언정 선량하고 따뜻한 이웃이다. 이 여인의 작은 배려를 통하여 오베는 아내 없는 삶에 조금씩 적응해간다. 자신의 아기를 위해 만들었던 요람이 비로소 그 쓸모를 찾은 것처럼 오베의 고독함 속에 더불어 살아가는 연민이 스며들기 시작한 것이다.

지금 이 순간에도 1인 가족의 수는 폭발적으로 늘어간다. 오베는 집이 있고 차도 있으니 경제적으로 최악의 상황은 아니다. 하지만 소통의 단절과 고독한 일상은 형벌처럼 오베를 짓누른다. 오베에게 무엇보다 견디기 어려운 문제는 원칙을 지키지 않는 세상이다. 가치관이 급변하는 현대사회에서 원칙의 기준은 절대적이지 않지만 그 중요성은 여전하다고 믿는 사람들에게 삶은 관대하지 않다.

오베의 원칙은 때로 소통을 심각하게 위협한다. 자전거를 남의 집 앞에 세워둔 건 잘못이지만 그 이유가 여친 몰래 고장 난 자전거를 고쳐주기 위함이라는 소년의 고백을 듣고 오베는 손재주를 발휘하여 자전거를 고쳐준다. 고장 난 자전거가 도로를 달릴 때 오베는 행복한 미소를 짓는다. 그런 의미에서 담벼락에서 죽어가는 고양이는 오베의 분신이다. 오베가 외면하고 방치했던 고양이가 오베의 거실에서 사랑을 받고 있는 모습은 새롭게 생명을 부여받은 오베의 존재를 의미한다. 사랑받는 이웃으로 거듭나는 오베는 소원대로 눈이 많이 내리던 새벽 영원히 잠에서 깨어나지 못한다. 줄에 목을 매달고, 차 안에 가스를 가득 채우거나, 달리는 기차에 몸을 던지고 자신의 머리에 총을 겨눴지만, 성공하지 못했던 자살 시도. 그는 침대에서 가장 편안히 죽음을 맞이한다. 억지로 시도하지 않아도 저절로 찾아오는 생의 마지막을 담담하게 보여주면서 영화는 '어떻게 살 것인가'의 질문을 던진다.

사막의 오아시스를 꿈꾸며

—

바그다드 카페

원제 ǀ Bagdad Cafe, Out Of Rosenheim

감독 ǀ 퍼시 애들론Percy Adlon

독일

1987

—

　'불꽃페미액션'의 탈의 시위 이후 우리 사회의 여성성 기대 지평
의 온도는 확실히 달라졌다. 찬반의 견해 차이가 결코 좁혀지지는
않았지만 여성문제를 대하는 시각이 첨예해졌다는 점은 그만큼
희망이 보이는 조짐이다. 사회적 홍분도 가라앉고 음란물로 삭제
되었던 회원 시위 사진도 복구되었다. 상의 탈의의 도발적 행위가
바람직한가의 문제를 거론하고 싶지 않은 건 보다 더 근본적 문제
에 대해 말하고 싶기 때문이다. 여성의 몸에 대한 자기 결정권에
대한 의사 표시이다. 이를 억압하는 사회적 관습에 대한 문제 제

기와 관련 담론을 생산해냈다는 점에서 그 의의를 찾아야 한다. 남녀 차이의 해묵은 이론도 고정관념과 편견의 재생산에 한 표를 던지는 행위일 뿐이니 앞으로 차이가 차별로 굳어진 현실 개선이 중요하다는 점을 생각하는 시점인 것이다.

최근 한국 사회는 페미니즘 담론이 대중화되는 시대를 맞이하고 있다. 이미 1980년대 각 대학에 여성학이 자리를 잡았고 사회 각계의 차별과 불평등 이슈와 더불어 개혁 담론으로 여성문제가 뜨거운 화두였던 적이 아주 잠깐 있었다. 그러다가 사회문제의 일부분으로 희석화되다가 최근 대중 정서로 부활하는 제스처를 보이는 것이다. 물론 방법적으로 품격 있게 차근차근 문제 제기를 하는 건 아직 기대하기 어렵다. 늘 그랬듯이 사회적 약자에게 방법론적 선택의 다양성이 없다는 점을 기억해야 할 것이다. '미투'와 관련하여 피해자와 가해자의 엄중하고 객관적인 처벌과 보상의 문제 역시 개인의 차원에서 집단과 가부장 사회의 제의 형식을 띠고 있으니 속수무책으로 흙탕물이 가라앉기를 바랄 뿐이다. 문제 제기의 메타포를 이해해야 할 것이다.

메타포를 풍요롭게 지닌 영화가 있으니 바로 〈바그다드 카페〉이다. 이 영화는 사회의 편견에 맞서 스스로 행복을 쟁취하는 여성들과 그 가족의 이야기이다. 서로에게 지치고 화가 난 브렌다 Brenda의 가족이 운영하는 카페에 등장하는 야스민 Jasmin. 이 카페는 야스민에게 사막에서 만난 오아시스와 진배없다. 정작 카페는 고장 난 커피 머신과 먼지투성이의 공간, 화를 내고 신경질을 부리는 사람들뿐이지만 여기에서 카페는 당연히 메타포이다. 힘들게 일하고 집에 와서 푹 쉬고 위로받고 싶은 사람들이 갈망하는 오아시스이다.

'오래된 가족'이 갈망하는 오아시스에 대한 메타포는 주체와 타자가 뒤바뀔 때가 종종 있다. 등장인물들은 타자의 시선에 위축되어 스스로를 루저로 여긴다. 야스민 역시 뚱뚱하고 못생겨서 남자가 떠났다고 생각한다. 카페를 배경으로 등장하는 이방인, 흑인, 무명 화가와 미혼부 등 그들 역시 지쳐 있다. 이후 그들이 즐겁게 일하고 때로는 음악과 차로 위안을 받기도 하는 카페로 변신한다. 사막 한복판 바그다드에서 피어나는 장미의 메타포는 살아 있음의 아름다움이다.

우리는 거칠고 험한 현실의 삶 속에서 가끔 오아시스를 만난다. 포기하지 않고 꿈을 꾼 자만이 그 감동을 주체적으로 내면화하여 생명수를 만들어낼 줄 안다. 영화의 오아시스는 바그다드 카페의 변신이다. 이 오아시스가 착각이나 사상누각이 되지 않으려면 어떻게 해야 하는지 해답을 찾아내야 한다. 물론 정확한 방법론은 아무도 모른다. 정답은 없지만 변화해야 한다는 것, 관계를 재정립해야 한다는 것만 어렴풋이 느낀다. 그 '새로운 관계'에 주제곡 OST 〈콜링 유Calling you〉가 흐른다.

'I am calling you(당신을 부르고 있어요).'

부부는 사막 한가운데서 서로의 길을 떠난다. 남편은 승용차를 타고 호기롭게 자신의 길을 떠나지만 아내는 트렁크와 함께 짐짝처럼 사막에 내동댕이쳐진다. 이혼 풍경이 이처럼 남자와 여자의 처지로 상반되었던 시대의 밑그림은 오늘날에도 크게 달라지지 않았다. 다행히 땀 흘리며 걸은 보람이 있어서 그녀는 숙소와 휴식을 한꺼번에 해결할 수 있는 카페를 발견한다. 그 카페 이름이 바로 '바그다드'이다.

이곳의 풍경은 사막의 오아시스처럼 겉모습은 피아노와 그림, 그리고 차와 푹신한 의자가 마련된 완벽한 휴식처로 보인다. 하지만 그 오아시스가 신기루 못지않은 허울임을 그녀는 안다. 여주인인 브렌다는 남편과 별거 중이며, 아들과 딸은 독립 능력을 갖추지 못한 채 자유를 구가하는 골칫덩어리들이다. 카페는 파리를 날릴 뿐 손님이 없으며 커피 한 잔을 제대로 만들지 못할 만큼 엉터리다. 신기루와 오아시스의 구분은 육안으로는 불가능하다. 하지만 신기루일 거야, 하며 포기해버리면 영원히 오아시스를 만나지 못할지도 모른다. 끝까지 확인하고 그 가치를 정당하게 매겨야 할 것이다. 여기서 야스민이 등장하는 것이다.

야스민은 브렌다의 아들인 피아노 연주자에게 반한다. 정확하게 표현하자면 그의 음악에서 위안을 얻는다. 피아노를 신들린 것처럼 치는 그의 재능은 아무도 인정하지 않는다. 오직 미혼부라는 낙인이 그를 구속할 뿐. 야스민은 카페가 있고, 자녀가 있고 또 예쁘고 건강한 브렌다가 부럽다. 하지만 이들의 사이는 냉랭하다. 현실적인 브렌다의 시선에 야스민은 수상쩍은 뚱뚱한 독일 여자이다. 돈이 많아 보이지도 않는데 왜 이곳에서 머무르려고 하는지 속내를 알 수 없으니 경계해야 할 낯선 외국인일 뿐이다.

야스민의 시선은 다르다. 물론 그녀 역시 갑작스러운 남편과의 이별 때문에 불안하고 막막하다. 여행 중 남편과의 불화, 그리고 돌아가고 싶지 않다는 것은 지금까지 그녀의 생활이 행복하지 않았다는 것을 의미한다. 그러던 차에 이곳에 머물면서 조금씩 심리적 안정을 취하는 중이다. 자신과 정반대인 깡마르고 신경질적인 여인 브렌다에게 연민이 생긴다. 자신에게 없는 모든 걸 가지고 있지만 불행한 이 여인과 알 수 없는 친밀감이 작용하는 것. 이렇게 인연의 싹은 비죽비죽 솟아나고 있었다.

야스민이 스스로 카페를 새롭게 단장한다. 숙박비 대신 청소를 자청하고 홀 서빙을 도우며 아기를 돌보아준다. 사막처럼 삭막했던 카페는 서서히 다정다감하고 행복한 공간으로 탈바꿈한다. 야스민의 트렁크에는 마술 도구들이 있었으니 사막의 카페와 마술은 어울리는 궁합이지 않은가. 사막 한가운데 카페에서는 장미꽃을 피워내는 마술사의 인기와 더불어 수많은 손님들로 북적댄다.

이제 바그다드 카페는 명실상부한 사막의 오아시스가 된 것이다.

갑작스럽게 변신한 카페와 함께 브렌다의 가족은 행복을 되찾은 것처럼 보인다. 어떻게 이런 결과가 가능했을까. 이방인이었던 야스민은 대체 무슨 짓을 한 것인가. 오아시스와 신기루의 차이는 실재냐, 환각이냐이다. 야스민이 카페에 불어넣은 활기는 환각이 아니라고 단언할 수 있는가. 야스민은 마술 외에 물리적으로 새로운 일을 한 것은 없다. 사람들의 기운을 북돋아주고, 위로해주고, 그리고 돌봄 노동을 한 것일 뿐.

결국 여성의 돌봄 노동으로 유지되는 '오래된 가족'의 의미는 변화 없이 반복된다. 야스민이 마술처럼 일구어낸 위로와 행복의 공간으로 변신한 카페조차 그 원동력은 돌봄 노동인 셈이니까.

당연한 이야기지만 똑같은 일을 해도, '자유의지'를 발휘하여 스스로 행하느냐, 강제로 수행하느냐의 차이는 크다. '오래된 가족'이 만들어내는 '새로운 관계'에 대한 모색 역시 마찬가지 아닐까. 돌봄 노동의 가치를 마술과 연계하여 이해하는 것도 되새겨볼 점이다. 돌봄 노동의 정당한 가치를 사회화하고 여성만의 몫으로 규정하지만 않는다면 말이다.

이창동을 만나는 시간은 특별하다

–

시

감독 ㅣ 이창동

한국

2010

–

인간을 두 종류로 나누는 건 무지막지한 잣대이다. 인간을 햄릿형과 돈키호테형으로 구분하여 소심한 회의주의 인간과 무데뽀행동 중심의 인간으로 구분하는 게 무슨 의미가 있을까. 그러거나 말거나 세상의 모든 쟁점은 밤과 낮, 선과 악처럼 이분된다. 영화를 그런 식으로 나눈다면 편한 영화와 불편한 영화가 있는데 이창동 감독의 영화는 후자이다. 그동안 문제작으로 인정받았던 그의 영화는 친절하거나 편안하지 않다. 몸에 좋은 약은 쓰다고 했는데 그 불편함이 몸에 좋은 효력을 발휘하기 위함이었다고 강변하면 전적으로 동의할 수 있을까? 단언하지는 못하지만 나는 그의 '광팬'이다. 그래서 영화 팬을 내 식으로 이창동 영화를 좋아하는 사람과 싫어하는 사람으로 나누는 무식함을 감행한다.

그의 영화에는 은근 중독성이 강한데 특히 첨예한 사회문제라든지 속죄와 구원의 가능성에 관심을 표함으로써 말 걸기를 시도한다는 점에서 그러하다. 〈초록물고기〉(1997), 〈박하사탕〉(1999), 〈오아시스〉(2002), 〈밀양〉(2007), 〈버닝〉(2018), 〈시〉(2010) 등등이 그런 맥락이다. 그의 작품에는 가해자와 피해자가 등장하지만 아무도 책임지지 않는다. 대신 날카로운 칼날을 느닷없이 목에 들이미는 식의 문제 제기를 보여준다. 그래서 이창동 영화를 본다는 건 이러한 문제제기에 동참한다는 의미에서 피할 수 없는 윤리적 심판대를 짊어지는 일이기도 하다.

오늘은 그의 작품 〈시〉를 보고 싶은 날이다.

방학 첫날을 맞아 가슴 부풀었던 2018년 7월, 한반도는 폭염으로 푹푹 찌는 날, 노회찬 의원의 자살 사건이 전해졌다. 정치인에 대한 나의 관심은 뱀처럼 냉혹한 편이기에 그에 대한 관심 또한 자칫 특별하지 않을 뻔했다. 다만, 덜 나쁜 정치인으로 인정하고, 유능한 인물로 알고 있었는데 드루킹 특검에서 정치자금을 받았다는 의혹으로 수사를 시작하려는 순간 주검으로 화답하니, 믿었던 애인에게 뒤통수를 맞은 것처럼 당황스럽다. 고인이 된 노무현 전 대통령을 오랜만에 떠올리게 했고, 죽은 자에 대한 측은함이

애상을 불러일으켜서 일이 손에 잡히지 않는다. 〈시〉를 보면서 죽은 자를 애도하며 술 한잔 올리고 싶은 것이다.

전설의 여배우 윤정희가 미자 역으로 등장한다.

외모는 귀부인처럼 곱지만 가난하고 외로운 노인이다. 미자는 이혼한 딸이 맡긴 중학생 손자와 단둘이 기초생활수급자로 허름한 아파트에서 간병인 일을 하며 근근이 살아간다. 알츠하이머병이 미약하게 시작되고, 간병하는 이가 죽기 전에 한 번만 남자 구실을 하고 싶다고 애원하고, 동네 투신자살한 여학생 성폭행 사건에 손자가 가담한 것을 알게 된다. 그 와중에 그녀는 얼토당토않게 시를 써보겠다며 쫓아다닌다.

시가 무엇인가. 가장 낮은 곳에서 가장 높은 구원을 생각하는 것. 가장 현실적인 것에서 가장 이상적인 이미지를 생성하는 작업이다. 가장 고통스러운 곳에서 가장 행복한 무엇을 상상할 수 있는 통로가 되기도 한다. 나는 영화에서 말하는 시의 극단적 상상력을 본다. 시가 어떻게 탄생하는가에 대하여 던지는 물음에 동참하는 호기심 또한 예사롭지 않다. 미자는 수첩과 볼펜을 들고 다니며 시를 쓰겠다고 진지하게 탐구하는 모습을 보인다. 그녀의 가난한 현실과 부조화를 이루는, 챙이 넓은 모자와 레이스가 나풀거리는 스카프와 드레스를 연상시키는 화사한 옷차림새는 시를 쓰겠다는 그녀의 행위와 어쩐지 이질적이다. 그녀의 조화롭지 못한 모습처럼 시는 일상의 사람들에게 노랫말 등으로 가깝게 있으면서도 이질적으로 멀게 존재하는지도 모른다는 생각을 품게 만든다. 66세, 나이보다 늙어 보이게 하는 주름이 자글자글한 얼굴이지만 소녀 감성의 순수함과 세파에 찌든 연륜이 공존하는 미자의 풍모를 상상해보라. 주변 사람들과 친밀하게 지내지 못하며 겉도는 건 그녀를 사로잡고 있는 '시를 쓰고 싶다'는 열망이나, 옷차림으로 추구하는 아름다움이 쓸모없는 것으로 받아들여지기 때문인지도 모른다.

영화는 절제된 대사와 느릿한 전개가 자칫 지루하게 느껴질 수도 있다.

시를 쓰기 위해 꽃을 자세히 들여다보거나, 사과를 만지고 쳐다보는 장면도 마찬가지다. 무심히 지나치지 않고 귀 기울이는 정성이 모아지지 않으면 미자의 절박한 심리적 흐름을 좇아가기 어렵다. 미자는 반복해서 말한다.

"시를 쓰기가 참 어려워요. 어떻게 하면 시를 쓸 수가 있나요?"

반복되는 미자의 발언에서 '시를 쓰기가 어렵다'는 말은 문제 해결, 삶과 죽음의 메타포로 이해할 여지가 있다. 시의 문장들이 고정관념과 편견에서 벗어나서 '낯설게 하기'를 시도하고 있기 때문이다. 이미 길들여진 자기합리화의 극단적 사례를 영화는 가난한 여중생의 죽음과 관련하여 냉엄함을 가장한 객관화를 시도하는 것이다. 응급차에 실려 가는 시신을 붙잡고 허술한 옷차림으로 하염없이 울고 있는 여중생의 엄마를 일별—瞥하는 미자처럼, 카메라의 시선은 멀찌감치 뒷짐 진 자세를 보인다. 무수한 풍경의 하나로써 스쳐지나가는 것이다.

무관심한 이웃은 다수의 보통 사람들이다. 피해자는 죽었고 가난한 엄마는 슬픔에 빠져 있을 틈도 없이 남은 가족을 부양하기 위해 노동을 해야 한다. 가해자로 책임져야 하는 사람들은 관례대로 자신들에게 가장 유리한 방법을 모색한다. 학교 책임자는 죽은 피해자보다는 살아 있는 가해자를 보호해야 한다는 논리로 은폐에 급급하다. 미자는 여중생의 투신에 손자가 연루되었음을 알게 된 후 혼란스럽다. 울고 있거나, 어쩔 줄 모르고 쩔쩔매거나, 슬픔으로 깊어지는 미자의 표정을 카메라는 가끔 보여준다.

미자는 집단성폭행 가해자 학부모 대책위원회에서 결정한 500만 원이라는 합의금을 마련해야 하는 상황을 감당하기 벅차다. 하지만 아무도 피해자의 죽음을 애도하지 않는 현실을 용납할 수 없어서 더 힘들고 외롭다.

영화를 완성하는 자가 감독인가, 배우인가. 유독 이창동이라는 고유명사는 영화에 마침표를 강하게 찍는 감독으로 인정받고 있다. 감독의 의도를 강렬하게 살리면서 연출력으로 영화의 완성도를 높인다는 의미에서다. 시는 고유명사의 본질, 특히 존재의 심연에 깃들어 있는 보이지 않는 혼을 살려내는 것일지도 모른다.

이창동 영화 〈시〉는 그 소임에 충실했다. 한 편의 시 자체를 연기한 윤정희의 역할도 메타포를 폭넓게 살려주었다. 강물에 투신한 피해자의 영혼을 위로하고, 가해자에게 책임을 묻고 합당한 처벌을 하는 정신을 포기하지 않으면서 누군가의 심금을 울리는 문자로 완성되는 것.

마침내 미자는 한 편의 시를 완성한다.

그 시는 미자의 분신이자, 죽은 자에 대한 애도이며, 만남에 대한 희망이다.

제목 '시'의 의미는 미자를 통해서 보여준 아름다움이자, 진실을 대면하는 고통이며, 속죄이자, 구원의 가능성을 시사한다.

빠르게 편집되는 장면들 속에 미자의 시가 흐른다. 여중생이 뛰어내린 강물과 그 다리가 클로즈업된다. 아네스라는 세례명을 가진 소녀는 얼핏 슬픈 표정을 거두어들인다. 미자는 강물에 휘말려 떠내려가고 시의 화자는 미자와 소녀로 겹쳐진다. 이 영화의 마지막 장면에서 누군가는 노무현 전 대통령을 연상했다고 한다. 미자와 소녀와 함께 노무현의 웃음까지 겹쳐진다. 어쩌면 노회찬 의원의 잔영도…. 미자가 완성한 시를 읽어야 영화는 끝이 난다. 소녀를 성폭행한 중학교 3학년 남학생들은 남은 인생을 더 잘 살기 위해 합당한 죗값을 치러야 할 것이다.

그곳은 어떤가요 얼마나 적막하나요

저녁이면 여전히 노을이 지고

숲으로 가는 새들의 노랫소리 들리나요

차마 부치지 못한 편지

당신이 받아볼 수 있나요

하지 못한 고백 전할 수 있나요

시간은 흐르고 장미는 시들까요

이제 작별을 할 시간

머물고 가는 바람처럼 그림자처럼

오지 않던 약속도 끝내 비밀이었던 사랑도

서러운 내 발목에 입 맞추는 풀잎 하나,

나를 따라온 작은 발자국에게도

작별을 할 시간

이제 어둠이 오면 다시 촛불이 켜질까요

나는 기도합니다.

아무도 눈물은 흘리지 않기를

내가 얼마나 간절히 사랑했는지 당신이 알아주기를

여름 한낮의 그 오랜 기다림

아버지의 얼굴 같은 오래된 골목

수줍어 돌아앉은 외로운 들국화까지도 내가 얼마나 사랑했는지

당신의 작은 노랫소리에 얼마나 가슴 뛰었는지

나는 당신을 축복합니다

검은 강물을 건너기 전에 내 영혼의 마지막 숨을 다해

나는 꿈꾸기 시작합니다

어느 햇빛 맑은 아침 깨어나 부신 눈으로

머리맡에 선 당신을 만날 수 있기를

—「아네스의 노래」

눈이 부시게 푸르른 날은 그리운 사람을

—

노무현입니다

감독 ǀ 이창재

한국

2017

—

누군가를 좋아하는 것, 그의 영원한 팬이 되는 것, 한때 그게 행복인 줄만 알았다. 열광했던 '스타'가 있었다면 송창식이나 안성기 정도이다. 송창식에 대해서는 그의 노래뿐 아니라 어정쩡한 손짓 몸짓이 다 좋았다. 결혼 초에 남편이 송창식 닮았다는 말을 들을 때면 '내가 왜 이 사람과 결혼을 했었나' 회의했던 마음이 봄눈 녹듯 스르르 풀어지곤 했었으니 연륜이 퍽 깊다. 옆집 아저씨처럼 편안하면서도 흔들리지 않는 뚝심이 섬세한 감수성에 자연스럽게 녹아 어우러지기란 쉽지 않은 일이다. 송창식의 노래에는 편안함과 반항과 솟구치는 비애가 일상성의 편안함으로 녹아 있다.

나는 누군가를 쉽게 좋아하지 않는다. 노래를 좋아하듯, 전문가로서의 역량이나 예술 세계를 높이 평가할 수는 있지만 사람 자체에 푹 빠지는 경우는 드물다. 송창식을 좋아했을 때조차 그랬다. 그가 했던 말 중에 싫어했던 기억도 또렷하다. 1970년대 후반 송창식을 위협했던 가수가 혜성 같은 슈퍼스타 조용필이었고, 나는 그의 노래를 좋아했지만 내 취향은 아니라고 고개를 갸웃했었다. 그런데 짓궂은 사회자가 '조용필의 노래에 대해 어떻게 생각하느냐'는 질문에 그가 했던 말을 나는 이렇게 기억한다.

"안방의 클래식 전축과 사랑방의 라디오는 비교할 수가 없습니다."

예술가의 자만심은 그의 당당함이므로 탓할 수는 없다. 하지만 선배로서 적절한 발언은 아니었다. 당시 중학생이었던 나는 그 비유가 마음에 들지 않았지만 40년이 지난 지금 그 말의 모순을 굳이 설명할 필요가 없으리라.

그래도 나는 송창식이 좋았고 지금도 그때 그 노래를 들으며 심신이 녹아드는 위로를 받고 또는 날개를 가다듬는 비상의 꿈에 젖곤 한다. 〈고래 사냥〉과 〈왜 불러〉, 〈담배 가게 아가씨〉, 〈피리 부는 사나이〉와 〈꽃, 새, 눈물〉 기타 등등이다. 물론 송창식의 노래가 더 좋을 뿐 조용필의 노래도 나쁘지 않다. 온몸의 감정선을 섬세하게 위무하는 송창식의 손길은 다른 누구의 목소리나 선율과 비교할 수 없는 무심한 듯 배어드는 촉촉함이 있다. 송창식과 조용필의 차이를 굳이 말하자면 수세식 화장실과 재래식 화장실로 비유하고 싶다. 재래식 화장실에서만 맡을 수 있는 다양한 체취와 진한 느낌의 고유성이 송창식에게 있다고 할까. 변便의 원초성을 확인하는 과정이 향기롭지는 않지만, 가끔 수세식 화장실을 벗어나고 싶을 때가 있는데, 그때는 조용필보다 송창식을 찾게 된다는 말을 하고 싶은 것이다.

정치인을 좋아하리라고는 상상도 하지 않았다. 사상가로서의 간디를 좋아하고 혁명가로서 체 게바라를 좋아했지만 위인들에 바치는 흠모의 정서였을 뿐이다. 그런데 어쩌다 보니 숲을 거닐다 소나기에 흠뻑 젖는 것도 모를 만큼 나도 모르게 정치인을 좋아해 버린 것이다. 그것도 생각만 하면 눈물이 솟구칠 만큼 아픔과 회한의 감정까지 비비고 볶아서 말이다. 노무현 생전에도 노사모를 자처하며 애정 과시에 솔직했다. 입만 열면 노무현을 비방하고, 조롱하고, 공격하는 사람들이 많아서 나도 모르게 변호했고, 감쌌고, 대항했다. 하지만 역부족이었다. 직장에서, 거리에서 매스컴까지 노무현은 대통령 시절 최악의 대접을 받았지만 기적적으로 탄핵은 모면했다. 노무현이 탄핵당했다면 나도 무사하지 못했을 것 같다. 울화병으로 헤매거나, 최소한 우울증으로 오래도록 속을 끓였으리라.

〈무현 두 도시 이야기〉(2016), 〈변호인〉(2013) 등 노무현을 기억하는 영화가 제작되었고 하나둘 개봉하면서 그의 부활을 증명하는 듯 등장해서 반가웠다. 그에 대한 재조명이 어설픈 감상이나 군중 심리가 아니라는 것을 확실하게 보여줄 필요가 있는 것이다. 그렇게 노무현과 함께했던 사람들이 말하는 다큐멘터리 〈노무현입니다〉가 극장에서 상영되었을 때 벅찬 가슴을 진정하기 어려웠다. 극장에서 만난 노무현을 통하여 관객들은 그에 대한 미안함과 애틋함을 조금 덜고 싶어 했던 것은 아닐까. 적어도 나는 그랬다.

2009년 5월 23일 금강 둔치에 노무현 전 대통령의 빈소가 차려졌었다. 전국적으로 추모 인파가 끊이지 않는 분위기를 소도시이자 보수성이 강한 공주 지역에서도 충분히 감지할 만했다. 일주일 동안 하루에 한두 차례씩 그곳을 찾았다. 중학교 3학년 담임을 맡았는데 점심시간을 이용하여 대여섯 명의 아이들을 대동하고 함께 갔다. 학교급식이 시행되기 전부터 점심시간에 모둠별 만남을 진행하던 터였다. 금강 둔치는 공주 시민들이 산책 코스로 애용하는 곳이었다. 점심을 먹고 도로를 따라 하천가에 이르면 작은 바다라도 만나는 양 가슴이 확 트여 시원했다. 당시 가장 많이 갔던 식당은 '본가'라는 부담 없는 가격의 돌솥밥집이었는데 주인아주머니 인심이 후해서 남학생들의 왕성한 식욕을 부족함 없이 채워주었다.

그곳에서 만난 노무현은 삶과 죽음을 연결하는 안내자 같았다.

추모의 마음을 담은 노란색 편지가 줄에 나부끼고 있었다. 사랑스런 삶이 죽음을 넘어 노란 꽃으로 부활하고 있었다. 마음속 피어나는 격정을 다스리며 덤덤한 표정으로 아이들을 바라본다. 신기한 듯 두리번거리는 아이들 곁으로 다가간다. 아, 노무현 대통령이 사랑했던 가난하고 못난 사람들을 나도 진정으로 사랑할 수 있을는지.

"우리는 산책만 하다 가자."

철부지 학생들에게 부담을 주면 어쩌나 싶었는데 아이들은 나름 진지하게 헌화하고 묵념하며 노란색 편지를 써서 걸기도 했다. 너도 나도 데려가 달라고 아우성이라 일주일 넘게 추모의 시간을 가질 수 있었다. 조문객이 많지 않았고 넓은 둔치 공원은 평소처럼 한적했다. 우뚝 솟아 있는 공주산성을 돌아 흐르는 금강을 바라볼 수 있는 분위기가 아늑하고 운치가 있어서 자주 찾는 곳인데, 그곳에서 노무현 대통령 조문을 하게 될 줄 어찌 알았으랴.

밀짚모자를 쓰고 담배를 물고 있는 모습은 논두렁에서 '모 심다 나온 사람'처럼 순박했다. 아, 서민 대통령이었구나. 그래서 서민들만큼이나 천대받았던 거구나. 대통령의 죽음은 충분한 이유가 있었고, 그래서 더욱 안타깝고 슬펐다. 내가 처음으로 지지하고 사랑했던 정치인인데 아무것도 해준 것이 없다는 게 마음 아팠다. 권력보다 더 중요한 게 무엇인지 몸으로 보여준 노무현, 그가 화두로 남겼던 지역감정의 뿌리는 조금씩 흔들리고 있지 않은가.

제목이 기억나지 않는 레이먼드 카버Raymond Carver의 단편소설에서 엄마가 '거짓말 잘하고, 이기적이고, 말썽만 피우는 아들의 장래를 걱정하는' 내용이 나온다. 바로 그 아들이 거짓말과 이기심을 발휘하여 유능한 정치인으로 활동한다는 스토리인데 정치인에 대한 풍자가 평범하지만 정곡을 찌른다고 느꼈었다. 선거철마다 '덜 나쁜 사람을 뽑기 위해 투표를 해야 한다'는 말을 공공연히 듣지 않았던가. 그런 정치판에도 순수한 우정과 사랑과 정의가 존재한다는 걸 일깨우고 일말의 희망을 증명한 사람이어서 노무현은 특별함으로 기억한다.

2017년 개봉한 〈노무현입니다〉는 송강호가 돼지국밥을 푸짐하게 먹는 모습이 인상적이었던 영화 〈변호인〉의 맨얼굴을 필름에 담았다. 지방선거에서도 번번이 낙선했던 만년 꼴찌 후보 노무현의 부활도 보여준다. 2002년 국민 참여 경선 지지율 2프로로 시작해 대선 후보 1위가 되는 반전과 역전의 드라마를 생생하게 되짚은 다큐멘터리는 모세의 기적처럼 거역할 수 없는 후광을 뿜어내는 강렬함이 있다. 여기에 '노무현의 사람들'의 진심 인터뷰까지 더해져 그리움을 전하는 작품.

노무현의 친구 중에는 정보기관에서 노무현 사찰을 담당했던 사람이 있다는 사실도 특이했다. 진흙투성이 정치판에서도 반대쪽 사람을 배경이 아닌 사람 자체로 존중할 수 있는 뱃심과 여유로움이 바로 노무현이다. 인간적 진심과 매력으로 다가와 진심으로 소통의 힘이 되었을 것이다. 우리는 참으로 인간적인 대통령을 만났었다.

비슷한 시기에 개봉했던 다큐멘터리 영화 〈공범자들〉(2017)을 함께 본다면 언론과 정치권의 불순한 결탁에 대한 배경지식이 높아질 것이다. 평소 신문과 텔레비전을 멀리하고 살아가는 필자에게 다큐멘터리 영화는 유익한 정보를 제공해주었다. 판단은 스스로가 할 일이다. 하지만 진실을 판단할 수 있는 기본 정보를 외면하지는 말자는 자기반성을 일깨운 영화였다. '삶이 그대를 속일지라도 슬퍼하거나 노하지 말라'는 푸시킨Aleksandr Pushkin의 시구가 떠오를 때 보고 싶은 영화이다.

에디트 피아프의 불꽃 같은 생애

—

라 비 앙 로즈

원제 ı La Môme

감독 ı 올리비에 다앙Olivier Dahan

프랑스·체코·영국

2007

—

인생을 바꿀 기회가 주어진다면 절대로 평범한 인생은 싫다. 에디트 피아프Édith Piaf나, 루이제 린저Luise Rinser, 아니면 프리다 칼로Frida Kahlo나 에밀리 디킨슨Emily Dickinson이나 버지니아 울프Virginia Woolf, 주세죽이나 허정숙 또는 김명순이나 나혜석처럼 살고 싶다. 10대 때, 전혜린을 떠올리며 이런 상상을 할 때는 가슴이 두근두근했었다. 지금은 그저 상상을 즐길 뿐이다. 지나간 일이다.

이들 중에서 단 한 명을 골라야 한다면 아마도 에디트 피아프를 선택하지 않을까. 이런 상상으로 대리 만족을 하는 시간, 영화를 보며 그의 음악을 듣는다. 샹송에 문외한이었던 내가 피아프의 시디CD를 끼고 살게 해준 이 영화를 함께 보고 싶은 사람이 있다. 결혼하고 싶은 남자를 만난 딸이다. 딸에게 그런 날이 온다면 슬쩍 시간이 있느냐 물어보고 이 영화를 보는 자리를 마련하고 싶다.

거실에 누워서 함께 이 영화에 젖어드는 상상을 하는 시간이 즐겁다.

행복에 젖어, 장밋빛 미래를 꿈꾸는 딸에게 하필 이런 영화를 선물하고 싶은 엄마의 마음을 정확히 콕 집어 설명할 수는 없다. 말없이 딸의 선택을 인정하고 행복을 빌어주겠지만 속으로는 이런 말도 하고 싶은 것이다. 행복한 순간에 감사하는 마음도 중요하지만 어쩌면 인생은 덧없다는 걸 어렴풋이나마 알아야 한다고. 세월이 흐르면 젊음은 사라지는 것임을 되도록 빨리 예감해도 나쁘지 않으니까. 사랑도 흐르는 세월만큼 변하는 것임을 인정해야 한다고 말하고 싶은 것이다. 어차피 영원불변한 것은 존재하지 않으므로 지금 이 순간이 더 소중한 것이다. 사랑하는 사람, 그리고 '장밋빛으로 보이는' 인생까지.

'나는 내 예술로 사람을 어루만지고 싶었다'던 빈센트 반 고흐 Vincent van Gogh. 그의 삶을 다룬 〈러빙 빈센트Loving Vincent〉(2017) 이야기도 살짝 곁들이며 함께 보고 싶은 영화이다. 아무리 힘들고 어려운 상황이 온다 해도 인생은 장밋빛처럼 아름답다는 진실을 부적처럼 간직하며 살았으면 싶은 것이다.

에디트 피아프, 그녀는 열정의 여인이다. 자신의 재능을 사랑하고, 노래를 위해 불꽃같은 삶을 살았다. 그녀의 노래를 중심으로 엮어가는 이 영화에는 〈장밋빛 인생La Vie en rose〉, 〈빠담 빠담 Padam Padam〉, 〈아무것도 후회하지 않아Non, je ne regrette rien〉 등등 셀 수 없이 많은 노래와 사연이 등장한다. 노래를 부르는 그녀의 열정을 마리옹 코티야르Marion Cotillard가 열연하여 아름답고 슬프면서 독하고 진한 사랑에 흠뻑 빠지지 않을 수가 없다. 영화에서 빠져나와도 한동안 〈장밋빛 인생〉과 〈아무것도 후회하지 않아〉의 분위기를 벗어나기는 어렵다.

출생부터 불행했던 여인, 각막염으로 시력까지 잃을 뻔했던 어린 시절의 혹독한 경험, 가수로서의 명예와 영광을 누렸지만 47세에 숱한 병으로 고생하다 생을 마감했던 예술가. 그녀는 시행착오도 많았고 한 번도 단란한 가정을 가져보지 못했어도 늘 당당하게 생을 사랑했던 사람이다. 이 영화를 보면서 예술과 사랑에 대한 이야기를 나누며 예술혼을 축복하고 애도하는 시간을 갖고 싶다. 예술을 지원하고 아끼는 마음을 어떻게 실천할 수 있는지 생각할 수 있으면 좋겠다는 상상을 한다. 유한한 인간에게 주어진 축복의 시간은 많지 않다. 그러니까 단 한 순간의 축복일지라도 감사할 줄 아는 여유로움을 지녀야 한다는 것이다. 그중에서 예술을 사랑하는 마음을 잃지 않아야 그 안에서만 얻을 수 있는 것을 찾을 수 있다. 더 뜨겁고 강렬하게 살고 싶은 의욕을 잃지 않아야 한다는 것 등등.

   음악영화는 영화 자체로 음악을 만날 수 있으니 좋은 인연을 기대하는 기쁨이 있다. 〈사운드 오브 뮤직The Sound Of Music〉(1965)이나 〈오페라의 유령The Phantom Of The Opera〉(2004), 〈레미제라블Les Miserables〉(2012)을 만났을 때의 황홀함이나 장엄함 또한 복권에 당첨된 즐거움에 비교할 수 없는 큰 행운으로 기억에 남는다.

멕시코에서 프리다 칼로의
파란 집을 만나고 싶다

—

프리다

원제 ၊ Frida

감독 ၊ 줄리 테이모어Julie Taymor

미국·캐나다

2002

—

'비운의 천재 여류 화가'라는 말이 꼬리표처럼 붙어 다닌다.

그래서 멕시코 화가 프리다 칼로Frida Kahlo를 사랑하기 위해선 만만치 않은 내공을 두 가지 이상 갖추어야 한다. 무엇보다도 상처 입은 여성의 내면에 집중할 수 있는 휴머니즘이 필요하다. 다음에는 예술을 위해 온몸을 불사를 수 있는 용기를 존중하는 자세가 중요하다. 경우에 따라서는 멕시코 혁명에 대한 관심도 기울여야 할 것이다. 장미를 맨손으로 잡으면 가시에 찔리듯, 프리다 칼로는 준비 없이 덥석 다가가기 힘들지만 일단 작가의 세계에 빠져들면 헤어나기 힘든 매혹의 수렁이다. 넘쳐흐르는 무한한 생의 에너지가 폭발적으로 다가오는 전율을 체험할 것이다.

그는 어릴 때 교통사고로 입은 육체적 고통과 세 번에 걸친 유산, 남편의 문란한 사생활에 의한 정신적 고통을 극복하고 삶에 대한 강한 의지를 작품으로 표현해냈다. 프리다는 여성으로서 본인의 모습과 생각 그리고 삶을 캔버스에 담아냈고, 개인적 경험을 바탕으로 당시 사회 여성들이 겪는 고통을 끌어내며 1970년대 페미니스트의 우상으로 우뚝 섰다. 1954년, 건강이 악화되었지만 자신의 정치적 신념을 표현한 작품 제작에 목숨 걸고 몰입했다. 그해 7월 민중 벽화의 거장인 남편 디에고 리베라Diego Rivera와 함께 미국의 간섭을 반대하는 과테말라 집회에 참가했다가 폐렴이 재발해 세상을 떠났다. 마지막까지 〈두 명의 프리다〉, 〈나의 탄생〉, 〈프리다와 유산〉, 〈상처받은 사슴〉 등 다양한 자화상을 그려냈다. 1984년 멕시코 정부는 프리다의 작품을 국보로 분류했다.

프리다는 자신의 상처를 예술로 풀고자 마지막 생명의 한 방울까지 혼신의 힘으로 작품을 완성했다. 그 목숨 건 열정을 기리어 노벨상 작가인 르 클레지오Le Clézio가 『프리다 칼로 & 디에고 리베라Diego et Frida』(다빈치, 2011)라는 평전을 써 유명세를 탔다.

프리다 칼로, 그는 불꽃같은 삶을 산 고흐와 고갱 못지않은 독특한 흔적을 남겼다. 물론 화가 고흐의 〈해바라기〉 역시 강렬한 빛을 작품에 담았으니 당시의 화풍과 다른 새로운 기법이었다. 프랑스 작가이나 타히티에서 주로 작업을 했던 고갱의 명작 〈우리는 어디에서 왔는가, 우리는 무엇인가, 우리는 어디로 가는가〉에 삶과 죽음의 사유가 담겨 있다. 그러나 소재는 동일하면서도 프리다 칼로의 사유는 독특하다. 그의 작품은 초현실주의 경향을 띠지만 삶과 죽음의 사유에 강렬한 여성성을 메시지로 담았다. 여성의 육체와 출산과 사랑, 그리고 결혼 생활과 관련하여 당당하게 주체성을 회복하는 페미니즘 메시지이다. 역사와 사회, 종교적 소재와 관련하여 여성은 예술이나 학문에서 자질구레한 일상으로 소홀하게 취급당하던 시대를 거부한 것이다. 생명이라는 관점에서 여성의 몸과 출산과 존재는 존중받아야 한다는 여성성의 이미지가 흘러서 심금을 울리는 것이다.

프리다는 말한다.

"나는 두 번의 대형 사고를 만났다. 온몸의 뼈가 부서지는 교통사고 그리고 디에고와의 만남이다. 두 번째 사고가 더 힘들었다."

프리다와 디에고의 사랑과 이별의 반복에 대하여 더 이상 말하고 싶지 않다. 다만 프리다의 화려한 멕시코 의상을 보는 즐거움과 그녀의 열정적 삶과 작품 탄생에 동참하는 것으로 만족하고 싶다. 교통사고와 디에고의 배신이 프리다를 죽이지 못했기에 그녀는 더욱 강해진 것이다. 결국, 프리다의 고통스런 육체와 그보다 힘들었던 디에고에 대한 사랑이 혼연일체가 되어 탄생한 작품은 그 자신에 대한 열정이었다.

개인적으로 프리다의 작품 가운데 〈상처받은 사슴〉도 좋아하지만 〈헨리포드 병원〉을 가장 좋아한다. 프리다는 아기를 낳고 싶었지만 몸이 허약하여 유산한다. 이 그림은 배 속의 아기를 하늘나라로 보낸 아픔을 표현한 것이다. 초현실적 기법으로 엄마의 자궁과 죽은 아기와 하늘나라의 천사를 실과 같은 것으로 연결시키고 있다. 생명이란 어디서 왔으며 인간이 지닌 유한성을 어떻게 받아들이며 살아야 하는가를 태어나지 못한 아기에 대한 사랑을 통해 역설적으로 잘 보여주고 있는 작품이다. 이 그림의 불편함은 작가 프리다 칼로가 겪었을 아픔과 용기의 생생함 때문이다.

좋은 그림을 감상하기 위해 감당해야 할 불편함의 시간을 오히려 사랑할 수 있어야 한다. 생명의 잉태를 위해 임신과 분만의 고통처럼 기다리고 견뎌야만 만나는 진실을 발견할 수 있는 것이다. 그 불편함의 강도가 프리다 칼로 작품만큼 강렬한 경우를 아직 나는 만나보지 못했다.

천경자의 그림 〈생태〉의 뱀은 아름답고도 혐오스럽다. 하지만 〈헨리포드 병원〉에서는 아름다움이 추호도 허용되지 않는 슬픔의 세계가 펼쳐진다. 이 그림의 미학은 우주에 던져진 생명체의 죽음과 고독에 대한 청교도적인 경건함처럼 기도의 힘을 지닌

다. 자신의 삶의 기록이라 할 수 있는 그림은 충격적이고 섬세하지만 고통을 응시하는 냉철함에서 비밀의 열쇠를 떠올리게 한다. 고통을 고통으로 치유하는 힘이 그 열쇠의 비밀이다. 태어나지 못한 아기에 대한 사랑을 담은 이 그림은 여성의 존재를 한없는 연민과 위대함으로 이끌어주기도 한다.

프리다의 교통사고 후유증은 그녀를 수술대에 32번이나 오르게 했으며 끝내 괴저병으로 다리를 잘라내야 했으니 그녀의 일생은 유혈이 낭자하다. 하지만 그는,

"나는 아픈 것이 아니라 부서진 것이다. 하지만 내가 그림을 그릴 수 있는 한 살아 있음이 행복하다."

우리는 화가 프리다 칼로의 사랑에 다각적으로 공감하면서, 그 사랑의 힘이 내 안으로 퍼져나가는 생명의 기운에 번쩍 눈이 뜨인다. 그게 프리다의 힘이다. 개와 원숭이, 앵무새, 그리고 그들이 살았던 코요아칸Coyoacán의 푸른 집까지 모두 그렇다. 프리다의 삶을 이루고 있는 모든 것들이 그의 작품 세계를 이룬다. 해골 인형을 가지고 노는 프리다, 사슴을 치료해주는 프리다. 그녀는 늘 마주해야 했던 죽음의 공포를 그림을 통해 치유했던 것이 아닐까? 그래서 그의 그림 앞에 서면 생명과 죽음의 본질에 한발 다가선 자신의 영혼을 확인하게 된다. 마침내 47세, 눈을 감으며 그녀는,

"이 외출이 행복하기를/그리고 다시는 돌아오지 않기를."

기원하면서 편안하게 작별했다.

영화를 통하여 만나는 프리다의 열정이 나에게 살아갈 힘을 줄 때가 있다. 가장 힘들고 지칠 때 혼자서 만나는 〈프리다〉를 아끼고 사랑하는 이유이다(혼자서 보는 이유 중 하나는 온가족이 함께 보기엔 불편한 19금 장면이 있다는 것).

채플린의 〈모던 타임즈〉를 보는 시간들

—

모던 타임즈

원제 ┃ Modern Times

감독 ┃ 찰리 채플린Charlie Chaplin

미국

1936

—

흑백영화, 1930년대 미국의 대공황시대.

무더기 실업자들, 등장인물 10명 안팎, 그리고 대사가 없다면? 예술영화 마니아가 아니라면 구태여 접근하고 싶지 않을지도 모릅니다. 하지만 채플린Charlie Chaplin의 영화라면 상황이 180도 달라집니다. 채플린은 코미디 배우의 원조이자, 영화계의 대부로 통하니까요. 그의 모든 영화는 흥행에 성공했고, 예술적으로도 높은 평가를 받고 있습니다. 제작된 지 80년이 지난 이 흑백영화에 성인은 물론 어린이부터 청소년들까지 열광한다는 사실, 참 놀라운 일입니다.

이 영화는 찰리 채플린의 다른 작품이 그렇듯 페이소스와 유머가 버무려진 미학으로 현실의 문제를 끌어당기는 힘이 있습니다. 채플린은 직접 시나리오를 쓰고 연기와 연출을 도맡는 방식의 작업을 진행한 것으로도 유명합니다. 하여 중고등학생, 대학생이나 일반인까지 재미와 전문성을 유감없이 맛볼 수 있는 불후의 명작으로 알려진 〈모던 타임즈〉는 소중한 인류의 유산이라 말할 수 있습니다. 이 천재의 출현으로 1930년대 영상 예술이 급속도로 발전했음을 인정하지 않을 수 없지요.

찰리 채플린은 미국 무성영화의 가장 위대한 스타이자, 20세기에 등장한 첫 번째 미디어 슈퍼스타로 알려져 있지요. 프랑스의 영화감독 고다르Jean-Luc Godard는 채플린을 '현대의 다빈치'에 비유하기도 했습니다. 그만큼 특별한 인물이었던 그 천재의 불행했던 유년도 주목을 요합니다. 예술세계에 대한 이해는 작가나 연기자 등의 실제 삶이 영감을 주는 경우가 많기 때문입니다. 그가 만든 영화에 깃들인 자유에의 갈망과 기계문명 부정, 물질의 속류화에 대한 비판 그리고, 이들 주제 의식을 흥미롭고 예술적으로 이끌어 주는 풍자와 해학의 미학은 성장 배경과 연관하여 보다 폭넓은 이해가 가능해집니다.

채플린은 불우한 어린 시절을 보냈습니다. 그는 아버지에게 버림받고, 이복형과 어머니와 함께 살았습니다. 하지만 어머니가 신체적, 정신적으로 병마와 씨름해야 했기에 거의 고아나 다름없이 지내야 했습니다. 후일 자신의 영화 속 주인공들처럼 유년기의 채플린은 절대적인 빈곤 속에 놓인 무일푼의 부랑아였던 것입니다. 채플린의 유년은 알코올중독자 아버지와 몸과 마음이 아파 병원 생활로 평생을 보낸 어머니로 얼룩진 소년원 생활의 외로움과 배고픔으로 요약됩니다. 이는 그의 영화에 흐르는 해학과 풍자의 코드에 담긴 밑그림에 진정성을 부여하는 힘이 되고 있습니다.

잘 알려져 있듯 채플린은 매카시즘의 광기가 휘몰아치던 시대에 공산당이라는 누명을 쓰고 강제 추방을 당하는 등 고난의 가시밭길을 걸었습니다. 그는 말년에 그의 이름으로 전 세계를 흔들었고 경제적으로도 풍요롭게 살았습니다. 1920년대 그의 영화는 흥행성이 너무 커서 어떤 영화사도 그에게 출연료를 지불할 수 없을 정도였습니다. 따라서 그는 자신이 제작한 영화에만 출연했습니다.

찰리 채플린의 〈모던 타임즈〉는 대공황을 맞은 1930년대 미국의 분위기가 배경으로 깔려 있습니다. 하지만 그 표현 방법이 매우 기발한데, 시를 읽는 것처럼 번뜩이는 장면들이 가득 넘칩니다. 버튼을 잘못 누르는 바람에 주인공이 톱니바퀴에 끼어 기계처럼 돌아가는 장면은 기계화로 인한 노동자의 삶이 어떻게 망가질 수 있는가를 단적으로 보여주는 명장면으로 회자되고 있습니다. 재치와 비유가 빛납니다. 떠돌이를 주인공으로 내세워, 실업, 기계의 노예가 된 노동자, 빈민가의 일상 그리고 가난의 문제를 다루는데 희망을 잃지 않는 의연함이나 사랑과 연민을 나누는 품격을 담고 있다는 점에서 감동을 더해줍니다. 기계화가 진행될수록 현장의 노동 가치는 단순하게 수단이 됩니다. 돌아가는 기계에 손만 넣었다 빼는 동작이 반복됩니다. 채플린의 재능은 여기에서 빛이 납니다. 기계 부속품처럼 취급받던 시대의 애환을 놀라운 상상력과 편집 기술을 통하여 표현한 그의 영화는 이후 무수한 패러디를 무한 재생하고 있습니다. 놀랍습니다.

채플린은 자신이 직접 대본을 쓰고 연출과 출연, 작곡까지 전담하는 매우 독립적인 방식으로 작업했는데 〈키드The Kid〉(1921)는 이렇게 만들어진 그의 초기 대표작입니다. 〈키드〉는 채플린의 첫 장편영화인데, 감동적인 장면과 우스꽝스러운 개그를 리드미컬하게 결합시키는 뛰어난 능력으로 대단한 호평을 받았습니다. 유머와 페이소스를 유려하게 섞어내는 재능을 확인시켜준 것입니다. 채플린의 일련의 작품들에서 나타나는 과장된 신체 움직임과 섬세한 손동작, 눈을 아래로 내려 뜨거나 수줍어하며 감정의 미묘함과 연약함을 보여주는 표현이 대박입니다. 콧수염을 씰룩거리거나 이빨을 드러내며 크게 웃는 모습, 팔자걸음, 그리고 지팡이는 그의 트레이드마크였습니다. 또한 사물을 우스꽝스럽게 다시 사용하거나, 정교하게 안무한 싸움 동작과 추적, 한바탕 소동 등은 그가 몸으로 보여준 희극 양식이었습니다. 낡은 중절모에 헐렁한 바지, 몸에 꽉 끼는 재킷을 입고, 지팡이를 든 채 작은 콧수염을 붙인 떠돌이 캐릭터는 전 세계적으로 유명해지면서 어마어마한 인기를 누렸습니다.

영화 〈황금광 시대The Gold Rush〉(1925)에서 벼랑 끝에 걸린 오두막이라든가 배고픈 찰리가 자신의 구두를 삶아 먹는 장면을 떠올려보십시오. 상징적인 이미지들로 가득 찬 이 작품은 충만한 영화적 경험을 안겨 주면서 다시 한 번 웃음과 해학을 유려하게 섞어내는 재능을 확인시켜주었습니다.

현대의 테크놀로지와 조화하지 못하는 떠돌이 찰리를 주인공으로 하여, 기계화되고 자동화된 산업사회와 문명, 그리고 그로 인해 파생되는 인간소외의 문제를 탁월한 풍자를 통해 형상화한 〈모던 타임즈〉에 집중하는 시간들이 앞으로도 더 많았으면 좋겠습니다. 그 누구와 함께라도 부담 없이 볼 수 있는 영화 '1순위'로 영원히 변함없이 사랑하고 싶습니다. 그 시간들 속에서 내 안의 슬픔이 힘이 되고 웃음이 되어 보다 숙성할 수 있기를 간절히 기대하기 때문입니다.

불꽃 같은 삶과 혁명가의 사랑

박열

감독 ㅣ 이준익

한국

2017

—

박열보다는 후미코文子가 인상적인 드라마였습니다.

박열의 시 「나는 조선의 개새끼로소이다」에 반해서 그를 사랑했던 여인 후미코.

영화는 이들의 신산 고초의 실화를 다루고 있습니다. 불꽃같은 삶과 혁명가의 사랑이 법정투쟁의 시나리오를 완성하는 가슴 저린 사연입니다. 1920년대 약소민족의 뜻있는 젊은이들에게 '혁명'이란 단어만큼 심장을 격동시키는 건 없었지요. 민족의 운명을 구해내고, 인류 역사 이래 불평등을 향했던 거대한 수레바퀴를 다시 맞추는 일이니까요. 그들에게 사랑은 혁명 사업의 불꽃을 힘차게

타오르게 할 에너지이기도 했습니다.

〈박열〉 포스터의 붉은 제목은 마음에 들지 않았습니다. 하지만 포스터의 엉성함과 다르게 영화의 스토리와 구성은 선이 굵으면서도 탄탄했습니다. 일제강점기를 살았던 대다수 민초들의 아픔이 녹아 있는 장면이 생생한 표정으로 살아 있더군요. 시대의 선각자로서 당당하게 삶과 죽음을 초개처럼 던졌던 스토리가 가슴을 울리고요. 이 영화는 1923년도 관동대지진을 빌미로 일본인들이 무자비하게 조선인을 학살했던 역사적 배경에 초점이 맞추어집니다. 관동대지진의 천재지변을 이주민이었던 중국인과 조선인에게 책임 전가하다가 민심의 방향을 돌리기 위하여 대역 사건의 죄인으로 박열을 지목합니다. 하지만 박열과 후미코는 그 상황을 역이용하여 주인공 역할을 자청합니다.

1920년대 일본에서 만난 박열과 후미코는 서로의 사상이 처음부터 완벽하게 일치하는 건 아니었습니다. 박열은 사회주의자이며 후미코는 무정부주의자를 자처했습니다. 하지만 피억압자들이 평등하고 행복하게 살아가는 세상을 지향한다는 이념이 통했던 것이지요. 국적을 초월한 사랑처럼, 관습과 이념의 굴레에 얽매이지 않는 혁명가의 사랑을 실천했던 것입니다. 이들은 서로의 사상과 인격을 존중하는 계약서를 작성한 후 동거를 했습니다. 도덕성에서 일탈한 듯하지만 이들의 행위는 당시 혁명가 집단의 사랑과 윤리의 실천이라는 깊은 의지가 숨어 있습니다.

박열은 경상북도 문경 출신으로 3·1운동에 가담했다는 이유로 고등학교를 퇴학당한 후, 일본으로 건너가 신문 배달과 막노동으로 고학을 시작합니다. 그 와중에 조선인 차별에 저항하여 '불량한 사상단체'라는 의미의 '불령사'를 조직했고 22년 6개월의 복역 이후 출옥하여 민족정기를 바로잡는 일을 합니다. 이후 해방 정국에서 활동하였고 6·25전쟁 이후 북한에서 말년을 보냈습니다.

후미코는 일본에서 태어났으나 조선에서 10대를 보낸 여인입니다. 충북 부강에서 부잣집 고모에게 보내져 하녀처럼 혹독하게 부림을 당하다가 버림받아 일본으로 돌아옵니다. 독서와 글쓰기를 좋아했던 그녀는 닥치는 대로 잡일을 하면서 고학을 하다가 박열의 친구들과 '사회주의자' 모임에 가입합니다. 그리고 불안한 시대를 헤쳐가는 학습이 진행되는 것입니다.

일본 천황 암살 사건 주동자로 지목된 박열과 후미코는 죽음을 두려워하지 않은 채, 옥중 투쟁을 벌이면서 재판에 임했습니다. 이 과정에서 전통 혼례복을 입고 사모관대를 하고 등장하며 재판관에게 반말을 사용하는 등 숱한 퍼포먼스가 화려하게 펼쳐졌지요. 한국어를 사용하였고, 의연하게 신념을 표출하여 조선인들의 가슴에 독립 염원의 불을 지폈습니다. 그 고초를 당하며 죄수의 모습에서 점차 시대의 영웅으로 변신합니다.

박열과 후미코는 옥중에서 혼인신고를 했으며 함께 사진 촬영까지 해서 현재까지 그 기록이 전해집니다. 후미코는 옥중 사망하여 조선으로 유해를 옮겼으며 박열은 끝까지 살아남았습니다. 해방 이후 석방되어 민족 영웅으로 추앙받았고, 북한에서 정치 활동을 펼칩니다.

후미코가 옥중에서 집필한 자서전(『나는 나』, 『무엇이 나를 이렇게 만들었는가』 같은 내용의 옥중수기)은 일본에서 큰 반향을 불러일으켰다고 합니다. 옥중에서 죽음을 앞두고 자신의 일생을 정리할 수 있었던 그 기개가 참으로 놀랍습니다. 어린 시절의 성장 과정과 박열과의 사랑이 기록되어 있습니다. 까다로운 사상 검열을 의식해서 쓰지 못한 이야기도 많았을 것입니다. 1920년대 동시대 신여성으로 나혜석, 김일엽, 김명순이 있었고, 최근 조선희의 소설 『세 여자』의 허정숙, 주세죽, 고명자와 함께 기억해야 할 인물이 아닐까 싶습니다.

문경의 '박열의사기념관'을 찾아 후미코를 만나보고 싶습니다.

최초의 트랜스젠더는 누구였을까

—

대니쉬 걸

원제 ┃ The Danish Girl

감독 ┃ 톰 후퍼Tom Hooper

미국

2015

—

고등학교 시절, 가장 부진한 과목은 수학이었다. 아무리 노력을 해도 성적은 오르지 않았는데 그럴수록 오히려 더 공부에 매달렸던 기억이 난다. 수학 공식을 열심히 외웠고, 비슷한 유형의 문제를 풀면서 새로운 문제에 대비했다. 실력이 느는 기쁨도 있었고 수학의 세계를 이해하는 기쁨도 적지 않았지만 막상 바닥 치는 성적은 변함이 없었다. 하지만 내가 충분히 노력을 했다는 것으로 위안을 삼기 위해 더욱 열심히 했었다. 간혹 수학 문제를 푸는 악몽에 시달리기도 했지만 부족한 머리에도 불구하고 끝내 포기하지 않았다는 자부심이 남아 있다.

사람에게 저마다 존재하는 소질과 적성이라는 게 있다. 거창한 표현을 하지 않더라도 취향이라는 게 있는 건 사실이다. 모든 걸 다 잘할 수는 없는 법, 체험이 얄팍하거나 전혀 문외한의 능력을 지니는 분야가 있음은 어찌 보면 당연한 것 아닌가. 나의 체험과 무관하거나, 관심을 가져보지 못한 것에 대한 무식함을 인정해야 하는 것이다. 그렇기 때문에 내가 겪어보지 않았다고, 내가 아는 지식이 없다고, 나와 의견이 다르다고, 무조건 거부하고 틀렸다고 단정 하려는 마음과 싸워야 한다. 그게 지성인의 자세가 아닐까?

나에게 동성애나 트랜스젠더와 관련한 이론이나 영화는 아무리 노력해도 오르지 않는 수학 성적처럼 난감한 문제이다(물론 나는 성의 다양성을 폭넓게 이해한다고 자처하지만 매우 얄팍한 수준임을 고백할 수밖에 없다). 불편함의 이유가 나의 편협한 가치관 때문이 아닐까 반성하는 자세로 끝까지 감상하는 것만이 최선으로 보여진다. 영화 〈야간비행〉(2014)은 불편함이 힘들었지만, 〈캐롤Carol〉(2015)은 편안하게 아름다운 사랑으로 주인공에게 공감할 수 있었다.

동성애나 트랜스젠더에 대한 지식과 공감 능력이 부족하다고 노골적으로 고백하는 이유는 균형 감각을 바로잡고 싶은 소박한 의식과 면죄부를 얻기 위함일지도 모른다. 고교시절 수학 성적처럼 끝내 부진함을 모면하지는 못할지라도 최선을 다해 노력했다는 자부심이 필요한 것이다. 이런 경우 '아는 만큼 보인다'는 말은

'사는 만큼 포용한다'로 바꾸지 않으면 안 된다. 체험해보지 않은 것, 당사자가 아닐 경우 공감의 폭이 극히 제한적일 수밖에 없는 영역이 분명히 존재한다는 걸 인정해야 한다. 경험하지 않으면 이 해할 수 없는 영역, 그 안에 장애나 성차별과 인종차별 등 편견의 문제가 있으며 트랜스젠더와 동성애도 빠질 수 없다.

〈대니쉬 걸〉은 우연히 본 영화였다. 제목의 평범함과 어울리 지 않는, 그 참을 수 없는 무거움과 슬픔 때문에 아찔했던 기억이 지금도 선명하다. 에이나르의 불행한 삶이 오랫동안 머릿속을 무 겁게 했다. 여성으로 살고 싶어 했던 사람, 세계 최초의 성전환 수 술을 감행했던 실존 인물을 배경으로 제작한 영화. 덴마크 화가 에이나르Einar Wegener의 일생을 트랜스젠더와 관련하여 다루고 있 는데 나로서는 이해 불가의 내용이 많았던 것 같다.

무엇보다 젠더의 문제가 진지하게 다루어지지 않은 것 같은 아 쉬움이 컸다. 실존 인물을 조명했다는 점이 리얼리티를 보장한다 할지라도 전체적으로 짜임이 엉성한 건 아닌가 의문이 갔다. 에이 나르에게 여성성이란 무엇을 의미하는지 관련 내용이 빈약했다. 화장하고 치장하는 모습, 외모의 아름다움에 관련된 내용을 더 많 이 다루고 있는 것처럼 보여서 안타까웠다. 정체성의 혼란 속에 서 에이나르에게 가장 중요했던 것은 무엇이었을까? 이런 의문이 끝내 해결되지 않았다. 사랑하는 아내가 있었고, 화가라는 명성과 실력도 갖추고 있었던 에이나르가 이 모든 것을 포기하고 목숨조차 아끼지 않았던 여성성의 정체가 무엇인지 지금도 나는 혼란스럽다. 트랜스젠더의 문제는 이처럼 성정체성의 혼란과 씨름하는 삶 자체가 중요한 건가, 아아, 아직도 나는 잘 모르겠다. 혼돈의 세계에서 헤어 나올 수가 없다.

하지만 영화를 보는 동안 화가 부부의 사랑과 그들에게 닥친 시련을 감당하는 남성적 모습의 에이나르와 그의 또 다른 여성적 자아 릴리Lili의 이중 인물 연기를 보여주는 배우 에디 레드메인Eddie Redmayne의 소용돌이에 빨려들지 않을 수 없다. 화가로서의 모습도 매력적인데, 여성으로 분장한 모습은 아름답다는 말로는 충분하지 않은 이국적인 풍모에 넋을 놓게 된다.

영화의 질감은 고전적이다. 1926년 덴마크 코펜하겐을 배경으로 하는 명화 감상의 분위기가 펼쳐진다. 고전적인 분위기와 의상이 어우러지면서 남성에서 여성으로 정체성을 묻는 내면 연기는 경이롭다. 화려한 스포트라이트와 멸시의 시선까지 카메라는 날카롭게 추적한다.

영화의 줄거리를 정리해보자.

트랜스젠더인 주인공 에이나르 베게너는 잘 나가는 당대 최고의 풍경화 화가이고 아내 게르다는 초상화를 그리는 무명 화가이다. 아름답고 행복한 부부의 모습으로 시작된다. 그런데 어느 날 아내가 모델 대역으로 남편에게 발레 옷을 입혀 포즈를 취하게 했는데 그 모습이 놀랍도록 아름다웠다. 이때 남편의 심경에 묘한 변화가 솟구쳤다는 설정이 실화를 근거로 했음에도 불가사의함이 풀리지 않는다. 베게너가 그 모델 역할을 하지 않았다면 어땠을까, 남성으로서 부부로서 문제없는 평범한 삶을 살았을까. 결코 그렇지 않다. 에이나르에게 여성성이 감추어져 있었기에 언젠가는 터져 나왔을 것이다.

에이나르는 발레 옷을 입은 자신의 모습에 반하여 그 후로도 화장을 하고 여장을 한 채 아내의 도움으로 남성과 여성의 생활을 오락가락하였지만 결국 커밍아웃을 한다. 더 이상 통제 불능으로 변화하는 자신을 어찌하지 못하고 괴로움에 휩싸인 결론이다.

1년여 짧은 기간 에이나르에게 일어난 정신과 육체의 변화는 논리적 설명이 불가해 보인다. 30여 년 동안 남성으로 살아왔는데 갑자기 여성성을 자각한 후 진정한 삶을 찾겠다니, 이게 무슨 '남의 봉창 뜯어 먹는 소리'란 말인가. 그의 아내는 울며불며 매달렸지만 이미 그의 정체성은 남성으로 회복될 수 없는 지경에 이르렀다. 다행스러운 일은 아내가 릴리를 모델로 그린 그림으로 유명 화가가 되었다는 점이다(아내는 평생 릴리의 그림을 그렸다고 한다). 모델에 대한 관심까지 높아져서 릴리는 덩달아 유명 인사가 되었다. 지금까지 존재하지 않았던 독특한 분위기의 그림과 실존 인물의 신비스러움에 끌리는 사람들에게 릴리의 인기는 갈수록 높아진다.

그런데 릴리는 사랑받는 여성으로 다시 태어나고 싶어 한다. 육체적으로 완벽한 여성이 되고 싶은 것이다(아내와는 우정 관계를 지속하고 서로의 자유를 존중한다). 게르다는 끝까지 릴리를 사랑했고 그녀가 원하는 모든 것을 지원했다. 결국 성전환 수술을 권유한다.

'대니쉬 걸'은 덴마크 여성이라는 의미인데 에이나르에게 부여한 영광스러운 애칭이다. 에이나르는 정신과 육체 모두 완벽한 여성이 되고 싶어 성전환 수술을 시도한다. 세계 최초의 성전환 수술은 아내였던 게르다의 도움을 받아 최고의 의료진으로 이루어져 마침내 성공했다.

하지만 에이나르는 수술의 후유증으로 세상을 떠난다. 자신의 성을 되찾기 위해 목숨까지 걸었던 여인. 늦게나마 고인의 명복을 빈다. 하리수나 다니엘라 베가Daniela Vega 등은 그녀 덕분에 조금은 나은 인생을 살고 있는 듯하다.

〈판타스틱 우먼Una Mujer Fantástica〉(2017)은 트랜스젠더인 다니엘라 베가가 성전환 수술을 받지 않은 남자의 몸으로 여자의 삶을 살아가는 마리노를 연기하여 큰 반향을 불러일으켰다. 트랜스젠더가 사랑하는 사람과 법적 혼인을 하지 못할 때 어떻게 비참해질 수 있는가도 보여주었다. 결국 '대한민국에서도 동성 혼인이 허용되어야 한다'에 나의 소중한 표를 던져야 한다는 결단을 내렸다.

〈천하장사 마돈나〉(2006)는 씨름 선수 몸매를 지닌, 여자가 되고 싶은 소년의 이야기이다. 코믹한 웃음 코드가 무거운 주제를 받쳐주니 가족과 함께 만날 수 있는 트랜스젠더 영화로서 적격이다. 성정체성을 고민한다는 건 자신을 사랑하는 노력임을 말하는 장면이 특히 인상 깊은 영화였다.

잎새에 이는 바람에도 괴로워했던

—

동주

감독 | 이준익

한국

2016

—

일제강점기 시대의 문인들은 대부분 목숨 줄이 길지 못했습니다. 김소월은 32세에 스스로 생을 마감했고, 이상은 28세에, 폐결핵으로 생을 마쳤고 윤동주는 27세에 감옥에서 의문의 죽음을 당했습니다(나도향은 25세에, 김유정은 30세). 특히 독립을 염원했던 진보 문사들이 그랬습니다. 그들은 한결같이 해방 직전 감옥에서 숨을 거두었습니다. 그래서 아이러니하게도 그들의 흑백사진은 해맑습니다.

반면에 친일 시인들은 식민지 시대에도 권력과 부를 누렸고 해방 이후에도 명성과 힘을 누렸습니다. 프랑스가 나치에 협조했던 전범들의 단호한 처형과는 너무 다른 모습입니다. 그나마 〈동주〉 같은 영화가 지금까지 많은 관객을 확보하는 게 얼마나 다행인지 모릅니다.

윤동주는 이상처럼 '박제가 되어버린 천재'도 아니었고, 김소월처럼 '옷과 밥과 자유'를 추구했던 시인도 아니었습니다. 소월의 시는 「진달래꽃」, 「초혼」 등 수십여 곡이 노래로 불려지고, 이상의 작품은 현대문학 사상 최대의 연구 논문 주제를 만들어내는 지적 탐구 대상이었습니다.

이들과 달리 시인 윤동주는 감성을 울리는 시를 썼습니다. 천재적인 비범한 능력보다는 소박하면서도 결벽한 심성이 느껴져서 가까이 하고 싶은 영원한 친구이자, 국민 오빠로 여겨집니다. 「자화상」, 「하늘과 별과 바람과 시」, 「참회록」처럼 그의 시는 가슴으로 파고들어서 시간이 지날수록 스스로 성장하고 진화합니다. 윤동주는 그렇게 애틋한 그리움으로, 애달픔으로 기억됩니다. 무엇보다 그를 기억할 때면, '잎새에 이는 바람에도 괴로워했던' 그의 세심함이 떨림의 촉각으로 온몸을 물들이는 것입니다.

윤동주 탄생 100주년을 기념하여 크고 작은 행사가 있었습니다. 늘 그렇듯이 특별하지 않았지만 영화만큼은 그 영향력이 막강했습니다. 아는 만큼 보이고, 체험한 만큼 느끼는 것입니다. 동주를 기억하고 사랑하는 사람에게 영화 〈동주〉의 등장은 자랑스럽고 고마웠습니다. 그의 시가 세상의 감성을 울린 게 확실하지만 그가 새삼 대중의 가슴에 사무치는 건 분명코 영화의 힘인 듯싶습니다. 다큐멘터리식으로 편집한 저예산 흑백영화에 사람들의 관심이 뜨거웠던 건 든든한 일입니다. 비운의 시인에게 바치는 애도와 사랑으로 이 영화를 찾을 많은 사람들이 고맙습니다.

감독의 시선은 윤동주와 송몽규 그리고 그 시대의 이름 모를 젊은이들을 스크린에 가득 채웁니다. 그러나 일본에서 독서 모임을 가장한 항일운동에 참여했던 조선인 유학생들은 만주벌판 독립군처럼 말을 타고 총을 쏘는 게 아닙니다. 투사보다는 지사에 가깝습니다. 〈동주〉 역시 영웅담이나 신비화의 유혹에 빠지지 않고 담담하게 그려나간 이야기에 서서히 가슴 가득 온기를 채웁니다. 누군가를 사랑하면서 느끼는 통증이 가슴에 아로새기는 파문을 경험하는 것입니다. 그 사람이 100년 전의 시인이라면 썩 괜찮은 경험이 될 것입니다. 그리하여 주인공의 삶은 안쓰럽지만 이 영화는 힘이 셉니다. 단조로운 흐름을 시어의 틈새 언어로 상상하며 견뎌내는 인내력을 조금만 발휘한다면 말입니다.

한국인이 가장 좋아하는 시인과 시는 윤동주의 「서시」라고 합니다. 영화를 보고 난 후에 읽는 그의 시에서 윤동주의 육성이 들립니다. 1945년, 해방 직전의 2월이 떠오릅니다. 비록 온몸이 발기발기 만신창이가 되었지만 송몽규처럼 씩씩하게 독립운동을 펼치지 못했던 소심했던 그의 음성이 또렷이 들립니다. 그는 우리에게 거대담론의 희생자로서보다는, 오늘 하루 '부끄러움의 미학'을 의연하게 들려주는 수줍은 미소의 청년입니다. 그 결벽을 사랑할 때, 조금은 나의 영혼도 순수해지는 느낌이 듭니다. 누구나 수백 번씩 읽었던 그 시를 다시 한번 낭송합니다.

죽는 날까지 하늘을 우러러
한점 부끄럼이 없기를,
잎새에 이는 바람에도
나는 괴로워했다.
별을 노래하는 마음으로
모든 죽어가는 것들을 사랑해야지
그리고 나한테 주어진 길을
걸어가야겠다.

오늘 밤에도 별이 바람에 스치운다.

— 윤동주, 「서시」 전문

시멘트 틈에서 피어나는 노란 민들레처럼

—

아이 캔 스피크

감독 | 김현석

한국

2017

—

오십 중반, 첫 해외여행에서 두려움의 정체는 무엇이었을까.

평소에 번거로운 외출을 좋아하지 않던 나는 첫 해외여행을 위한 인천공항의 화려한 실내와 수많은 인파에 기가 죽고 불안의 정도가 심해졌다. 든든한 동반자(아들과 딸)가 있었지만 출입국 절차가 번거로워 두려웠다. 캐리어를 끌고 '여권을 잃어버리면 큰일 난다'는 주의 사항이 지독하게 부담스러워 '다시는 해외여행을 하지 않겠다.' 마음속으로 다짐하면서 끌려다녔다(솔직히 가족들의 성화에 감행했던 최초의 해외여행이었다). 베트남의 하노이Hanoi와 할롱베이Ha Long bay를 다니며 색다른 풍광과 정취에 젖어서 두려움의 자리에 점차 호기심과 관심이 자리 잡기 시작했다.

크루즈 여행 일행들 10여 명과 자기소개를 하고 선상 파티를 하며 여행자의 자유를 만끽하는 분위기가 펼쳐졌다. 인도네시아, 브라질, 중국, 캐나다, 프랑스, 필리핀 등 다양한 국적의 여행자들은 자유자재로 영어를 구사했다. 내 차례가 되어 "마이 네임 이즈 박명순"이라 소개하고 자리에 앉았는데 얼굴이 화끈했다. 영어에 능통한 아들과 딸이 대략 평론가, 작품 활동, 교사로 근무한다는 소개를 하는 것 같았는데 그때 기분이 참 얄궂었다. 정체 모를 그림자 속으로 숨은 느낌이랄까.

이후 "땡큐"나 "아이 엠 쏘리" 할 때를 제외하고 내 입은 자물쇠에 갇혔다. 생애 처음으로 이해하기 힘들고 듣고 싶지 않았던 이야기를 오래도록 경청했던 그 시간 나는 스스로 이방인의 고독을 자처했다. 회화에 서툴 뿐 영어 실력이 아예 없는 건 아니라고 나름 자부했지만 굳이 끼어들고 싶지 않았다. 설득과 설명, 반박과 공감을 나누지 못하는 말하기에 '수박 겉핥기'식으로 참여하는 게 흥미롭지 않았기 때문이다.

지금 나는 〈아이 캔 스피크〉를 어눌한 발음으로 천천히 읽는 중이다. 낱낱의 단어마다 감동이 몰아친다. 역사적 실화라는 딱딱한 시멘트 틈바구니에서 '위안부' 피해 어르신의 희망과 웃음이 민들레꽃처럼 피어난다.

기실 '위안부' 피해 어르신 이야기라는 걸 알고도 오랫동안 주저하며 미루었던 영화이다. 그 아픈 사연의 영화 체험을 주저했던 건 두려움 때문이다. 벗들은 어리둥절해한다. 아닌 게 아니라 지인들에게 나의 소심하고 약한 심성을 들이대면 경악과 비웃음이 쏟아진다. 걸걸한 목소리와 커다란 나의 풍채 그리고 결단력 있어 보이는 행동 탓임을 모르지 않지만 가끔은 서운하다. 알고 보면 매우 나약한 심성을 지닌 소유자임에도 아무도 알아주지 않는 것이다.

차별받고, 핍박당하는 여성들의 사연에 무너지는 징크스가 있다. 무서운 영화는 즐겨보지만 슬프고 가슴 아픈 여성의 사연은 감당하지 못한다. 특히나 '위안부' 피해 어르신의 사연은 무섭고 죄송하고 두렵기만 하다. 나누어야 할 책임을 감당할 수 있을까, 지레 겁을 먹는 건지도 모른다.

하지만 영화의 중반까지 정작 시사적인 이야기는 전혀 등장하지 않았다. 어, 내가 잘못 알았던 건가. 이렇게 고개를 갸웃거리면서도 나옥분 할머니(나문희 분)의 연기와 '차도남'(차가운 도시 남자) 스타일의 구청 공무원 이민재(이제훈 분)의 분위기에 이미 젖어버렸다. 도깨비 할머니가 등장하면서 긴장감이 감돌기도 했지만 영화의 초반부는 코믹함이 주도하는 듯했다. 복지부동의 공무원이 재건축을 원하는 건물주 편을 들어주면서 재래시장 영세 상인들의 생계를 위협하는 분위기조차 양념처럼 살짝 곁들이면서 도깨비 할머니의 영어에 대한 집착이 화면을 흔들어대고 있었다.

제목 '아이 캔 스피크'는 가부장제 사회에서 오랜 세월 발언권을 묵살당했던 여성 언어에 대한 비유가 숨어 있다. 여성의 언어는 '수다 떨기', '핵심 비껴 말하기', '횡설수설하기' 방식으로 겉돌거나 '돌려 말하기'에 익숙하다. 타자로서 억눌려 산 탓에 직접적 표출에 어눌한 면을 드러내는 것이다. 나옥분 할머니가 구청에 신고한 8천여 건수의 민원은 자신의 이야기를 드러내지 못하는 답답함의 행위를 보여준다.

영화의 후반부에 역사적 실화와 겹쳐지면서 상황이 격렬해진다. 미국 청문회 사건이다. 이용수, 김군자 '위안부' 피해 어르신의 증언으로 채택된 사과문이 등장한다. 실화와 영화의 차이는 중요하지 않다. 오랜 세월의 틈새를 상상할 수 있도록 도와줄 뿐이니.

나옥분 할머니는 자신의 과거를 공개하기 전 엄마 산소를 찾아 오열하며 과거를 감추지 않겠다는 의지를 강력히 표명한다.

"엄마! 죽을 때까지 꽁꽁 숨기고 살라고 했는디 엄마랑 그렇게 굳게 약속을 했는디 이젠 그 약속 못 지켜. 아니, 안 지킬라고. 돌아가신 엄마보다는 정심이가, 정심이보다는 내가 더 중하니께! 엄마! 왜 그랬어? 왜 그렇게 망신스러워하고 아들 앞길 막힐까 봐 전전긍긍 쉬쉬하고… 내 부모 형제마저 날 버렸는데 내가 어떻게 떳떳하게 살 수가 있겠어? 불쌍한 내 새끼, 욕봤다. 욕봤어. 한마디만 해주고 가지…."

일본의 사죄를 받지는 못했지만 각계각층의 노력 끝에 '위안부' 피해 어르신은 부끄러운 환향녀還鄕女가 아니라 오욕된 역사의 증인임을 당당하게 증명해 보였다. 늦깎이 영어 수업이 시초이다. 또 하나의 가족으로 가까워진 이민재에게 할머니는 꽁꽁 숨겨두었던 70년 전의 사진을 보여준다. 13세의 단발머리 소녀가 일본군 부대에 서 있는 모습은 숨기고 싶었던 '위안부' 피해 어르신의 과거가 고스란히 담겨 있다.

"보여주기만 했는데도 이러코롬 맴이 편하다냐."

혼잣말이다. 평생 가슴에 담고 살았던 나옥분 할머니의 무거운 짐을 나누는 과정이다. 나옥분 할머니가 천신만고 끝에 고향으로 돌아왔으나 외롭게 전전긍긍 살았음을 미루어 짐작할 만하다. 오히려 집안의 부끄러움으로 여겨졌고, 절대로 발설하면 안 된다는 다짐을 받았으니…. 미국 의회 청문회에서 '위안부' 피해 어르신 문제의 역사적 사실을 확인하고 사과문을 작성하는 데 무려 10년의 세월이 소요된다.

마지막 장면 하나,

"영어 할 줄 아세요?"

출입국 직원에게 할머니가 당당하게 응답한 그 '말하다'의 의미를 영화는 다양하게 그려내고 싶었을 것이다. '말하다'의 의미는 대화를 나눴다, 얘기했다, 언급했다, 표명했다, 피력했다, 강조했다, 희망했다, 설명했다, 밝혔다, 반박했다, 뜻을 같이했다, 토로했다, 설득했다, 공감했다, 주장했다, 권유했다, 호소했다, 토론했다, 합의했다 등등 다양하다.

〈아이 캔 스피크〉는 '말하다'에 담긴 '대화'와 '주장'과 '희망'을 제대로 버무려냈다. 피해 어르신들이 '벙어리 냉가슴' 앓는 신세를 모면할 만큼. 하지만 역사적 '공감'과 '합의'로 가는 길은 아직도 아득하기만 하다. 속 시원하게 '말하다'의 의미를 이루기 위해 해야 할 일이 산더미이다. '소녀상'이 그렇고, '위안부' 피해 어르신의 영화를 제작하거나 관람하는 일도 그중 하나일 것이다. "위안부 영화 고작 38편" 글 제목을 보고 놀랐다. 〈귀향〉, 〈허스토리〉, 〈22〉 등 귀에 익은 제목은 10여 개 안팎이니 말이다.

오십 중반, 아들딸의 극진한 보호 속에서도 떨렸던 첫 해외여행을 떠올리며 '위안부' 피해 어르신이 끌려다녔던 낯선 나라 전쟁터에서의 심경을 상상해본다. 13세 소녀는 얼마나 무섭고 힘들었을까. 아! 부끄럽다.

30년 전, 강산이 세 번 바뀌다

—

1987

감독 ı 장준환

한국

2017

·
—

연말연시와 방학으로 극장가는 성수기였다. 그리고 〈신과 함께—죄와 벌〉(2017), 〈1987〉(2017), 〈강철비〉(2017), 〈위대한 쇼맨〉(2017) 등 선택에 고심할 만한 영화들이 무더기 상영 중이었다. 최고의 흥행 가도를 달리는 〈신과 함께〉 관람을 시도했으나 실패했다. 공주 연미산 기슭 '도토뱅이' 식당에서 닭백숙을 먹고 느긋하게 찾은 영화관에 우리의 자리는 남아 있지 않았다. 매진을 피해 선택한 영화가 〈1987〉이다. 그때까지도 이 영화에 대한 기본 정보 없이 '사회 고발의 다큐 영화겠지' 했는데 좌석에 앉으면서 적잖이 놀랐다. 다양한 연령층의 관객들로 채워진 좌석에는 기대감이 넘실대며 흥성거렸기 때문이다.

다큐멘터리 영화가 재미없을 거라는 편견을 깬 건 〈공범자들〉(2017)이었다. 문화방송MBC과 한국방송KBS 파업 과정을 정리한 이 영화를 보면서 평소 신문이나 뉴스와 담을 쌓고, 집에 텔레비전조차 없이 까막눈처럼 살았구나' 반성했던 적이 있었다. 하지만 이 영화에 등장하는 1987년도 전후는 상세하게 역사적 내용을 알고 있었기에 화면을 응시하면서 별다른 호기심이 없었다. 다만 30년 전의 그 유명한 '책상을 탁 치니억 하고 죽었다'는 박종철 열사 고문치사 은폐 사건과 관련하여 많은 사람들을 극장으로 불러들이는 그 힘에 대한 성찰의 시간을 갖고 싶었다.

이 영화가 한국영화사에 획을 긋는 '무엇'이 있음을 알아차리는데 오랜 시간이 필요하지 않았는데, 그 핵심은 '시대의 얼굴'에 있었다. 박종철, 이한열을 애도하는 시대의 얼굴은 보통 사람들이다. 30년 전이나 이후나 변함없이 시대를 짊어지는 주인공은 보통 사람들이지만 안타깝게도 그들은 현실에서처럼 영화에서도 조명받지 못한다. 이 영화는 그들을 '주인공이 없는 영화의 주인공'으로 관객을 초대하는 구성의 마력이 있다. 1980년대를 재현한 화면자체에 빨려 들어가는 힘은 감독 장준환의 역량이다. 컴퓨터 그래픽과 방대한 자료를 동원하여 만들어낸 영화의 흐름이 신선했던 건, 시대를 감당했던 각계각층의 얼굴을 담담하게 담아내기 때문이다. 그들은 숨 막히는 긴장감을 유발하면서도 자잘한 재미와, 맛깔스런 대사를 연기했다. 지루하지 않을 뿐더러 영웅의 탄생 시나리오 같은 빤한 내용도 절제되어 있었다. 고故 박종철, 이한열 열사의 사건을 근거로 군부 정권의 가혹한 고문과 사건 날조를 숨 가쁘게 표현할 뿐이다. 1987년 역사의 흐름을 바꿔놓는 데 주역을 담당했던 인물들을 소시민적 보통 사람(처음 정한 제목이 '보통 사람'이었다) 입장에서 조명한 것은 영화의 최대 장점이라 할 수 있다.

관객의 숫자를 넘어 사회의 지층을 강렬하게 흔드는 영화 〈1987〉의 힘은 무엇일까. 짜임새가 탄탄하고, 식상한 선악 구조 의 대립이 아니어서일까. 아니다. 이미 촛불집회를 통하여 박근혜 대통령 탄핵을 이끌어낸 역사적 진실이 사회학적 상상력의 진폭 을 확장했기 때문이다. 폭넓은 인간 유형의 내밀함에서 우러나오 는 목소리를 연민의 시선으로 담담하게 재현해낼 수 있는 역량은 영화관의 공간을 넘나드는 흐름, 시대를 이끄는 힘이다. "빨갱이 를 잡아야 한다"는 신념 하나로 수단 방법을 가리지 않고 민주 운 동 탄압에 앞장서는 박 처장(대공분실의 실세)을 보라. 애국심과 권력 욕이 뒤범벅된 그는 영화의 초반에서 마지막까지 등장하는 유일 한 인물로서 1987년 독재 권력의 막강한 영향력을 보여주기 위한 설정이다. 고문치사 사건을 은폐 조작하고, 공문서를 위조하고 교 도소의 법률과 규칙을 짓밟는 등 모든 등장인물의 일상을 뒤흔드 는 존재, 그는 독재 권력의 상징이자 가해자이지만 결국은 시대의 피해자요 망상가에 불과한 존재였음을 보여준다.

영화를 보는 재미는 제각각이다. 배우의 연기력에 빠진 감정이 입의 순간도 있고 절묘한 사건과 반전의 장면에 매료되어 골치 아픈 현실을 잊어버리는 즐거움도 있다. 생활에 대한 반성이나 깨달음 또는 가치관을 풍부하게 하는 상식이나 빠드름한 교훈에 끌리기도 한다. 이 영화는 위의 재미와 함께 분노와 슬픔의 카타르시스를 통하여, 1987년의 청춘에게 바치는 연가처럼 두근두근 심장을 울리는 힘이 있었다.

6·29선언을 전후하여 공단의 구인 광고를 두리번거리던 나의 얼굴을 떠올린다. 시국을 걱정하고 '독재타도와 호헌철폐' 스크럼에 뛰어든 결과는 어이없게도 실업자의 모습이었다. 블랙리스트에 올라 발령이 보류된 처지(당시는 의무발령제여서 동기들은 모두 발령을 받았다)여서 가난한 부모님께 짐이 되었고, 착한 동생들이 보내는 원망과 걱정의 눈빛을 고스란히 견뎌야 했다. 그랬다. 사회변혁 이론을 확신했으나 작은 몸짓이 나비효과가 될 수 있다는 신념이 흔들렸던 그 시절이 있었던 것이다. 내 얼굴이 영화에 등장하는 '보통 사람' 가운데 한 명이었다는 위안이랄까. 영화는 수많은 촛불 앞에서 숙연해지던 그 감동을 선물하는 듯했다.

박종철 고문치사 사건이 터졌다. 그리고 이 무소불위의 권력과, 이에 '계란으로 바위 치기'식으로 도전하는 평범한 인물들이 한바탕 붙는다. 당연히 다양한 표정으로 스크린을 채운다. 그 인물들

은 공안검사, 의사, 교도관과 박종철의 아버지와 민주화 시위에
동참하는 대학생들이다. 두려움에 떨며 자신이 본 그대로 증언하
며 말을 더듬는 의사.

"내가 오기 전에 죽어 있었어요. 시신에 물이 묻어 있었고….”

사체 소각을 불허하는 공안검사와 보도 지침에 반기를 든 언론
인들, 그리고 결정적 증언을 제보한 교도관들이 바로 '떨리는 목소
리의 보통 사람들이다. 의인이나 민주화 투사도 아니었던 이들의
증언이 진실을 밝히는 기폭제가 되었다. 이들의 증언 과정은 사소
한 만남에서 비롯하거나 이건 너무하다는 최소한의 책임감과 직
업의식이었을 뿐이다. 그리하여 이 미미했던 목소리들이 연대의
힘으로 발휘하여 철옹성 권력을 무너뜨린다는 설정이다.

"박종철을 살려내라.”

이길 수 없는 싸움의 구호를 외치다가 연세대 정문에서 최루탄
에 직통으로 맞아 쓰러진 이한열 열사.

"한열이를 살려내자.”

박종철의 구호는 정권이 막을 수 있는 가랑비였을지 모르지만
이제는 막을 수 없게 되었다. 드디어 세상을 바꾸는 도화선이 터
진 것이다. 그러나,

"이런다고 뭐가 바뀌는데요?”

"뭐가 그렇게 잘났어요? 가족들 생각은 안 해요?”

연락책을 맡았던 교도관의 조카로 등장하는 연희의 대사가 가

슴이 아프다. 연희는 노조 결성으로 해직되어 알코올중독으로 세상을 떠난 아빠를 떠올리며 '앞장서는 사람만 다친다'는 피해 의식에 사무쳐 있다. 삼촌까지 변을 당할까 걱정이 앞서는 건 당연하다. 많은 사람들이 죽고, 고문 후유증으로 평생의 지병을 얻어 골병든 몸으로 버티는 모습을 수도 없이 목도했던 시절이다. '역사의 밑거름을 위한 행위'일지언정 나의 가족이라면 어찌 '의롭다'는 말만으로 지지할 수 있으랴. 민주화운동의 당위성으로 '무엇을 바꿀 수 있는가', '나를 희생할 수 있는가', 그 시절 무수히 들었던 질문이며 스스로에게 던진 의문이었다. 연희의 질문에 담긴 '더 이상 다쳐서는 안 된다'가 마음이 짠한 이유이다.

영화 〈1987〉은 이 질문을 피해 가지 않았다. 30년의 세월이 흘렀고 세상이 변했으니 계란으로 바위를 뚫는 기적을 확인한 셈이다. 그렇다 할지라도 희생자의 가족은 영원히 그 슬픔을 짊어져야 하는 게 변혁의 이치이다. 연희가 이한열 장례식장의 거대한 행렬 앞에서 오열하는 모습은 사랑하는 사람을 잃으며 눈물이 마르지 않았던 시대를 연상하게 만든다. 이한열 어머니는 끝내 이 영화를 보지 못했다 하니 그 심정이 백번 이해가 간다. 열사의 칭호를 얻었지만, 어미의 슬픔을 덜어줄 수는 없다.

일요일에도 경찰청 인권센터(옛 남영동 대공분실)를 개방한다는 소식이다. 고故 박종철 열사 고문치사 사건을 다룬 영화 〈1987〉이 흥행하면서 일반인들의 관심이 높아진 데 따른 것이니 영화의 힘은 막강하다. 그렇다. 이 영화는 과거를 보여주면서 현재를 지지하는 응원이며 미래로 이어지는 염원이다. 다만 옥의 티라고 할까. 이 영화에는 여성의 힘이 과소평가되어 있다. 또 있다. 평범한 사람들의 얼굴이, 노동자가 가려진, 결국은 운동권 대학가로 한정되어 있다는 점도 못내 아쉽다.

산 자와 죽은 자로 구분 짓는 사진 한 장

—

화려한 휴가

감독 ı 김지훈

한국

2007

—

5·18광주민주화항쟁을 즈음하여 〈화려한 휴가〉(2007)가 재조
명되고 있다는 소식이 있어서 반가웠던 기억이 엊그제 같은데 어
느새 가을바람이 서늘하다. 전부터 이 영화를 테마로 글을 쓸 기
회를 별렀는데 타이밍을 놓치고 말았다. 〈택시운전사〉(2017)를
관람하면 좀 더 냉철한 관점에 설 수 있지 않을까 싶어서 미루기
도 했었다. 그런데 막상 여름철 극장가를 뜨겁게 했던 〈택시 운
전사〉를 보았건만 위르겐 힌츠페터Jürgen Hinzpeter와 김사복(가명)의
실화를 바탕으로 했다는 감동을 빼면, 역사적 사건에 대한 긴장감
이나 신선함이 〈화려한 휴가〉를 넘지 못했다. 『채식주의자』(창비,

2007)의 작가 한강의 『소년이 온다』(창비, 2014)가 영화화된다면 새로운 관점으로 조명한 5·18광주민주화항쟁을 만날 수 있을까. 기대함 직하지만 아직까지는 〈화려한 휴가〉를 그날의 대표 영화라 말하고 싶다.

10년 전에 나온 이 영화는 5·18광주민주화항쟁을 다루면서도 역사적 대의명분을 전면에 드러내지는 못했다. 대신 애절한 가족 휴먼 스토리텔링으로 7백만의 관객을 극장으로 불러들인 바 있다. 배우들의 코믹 연기와 불필요한 총격 장면이 상업적 연출이라 폄하될지라도 사소한 단점보다 굵직한 장점이 돋보이는 영화이다. '화려한 휴가'는 광주민주화항쟁을 탄압하기 위한 작전명이었으니 제목만으로도 핍진성을 살릴 수 있었던 것이다. 강풀의 만화를 원작으로 그린 영화 〈26년〉(2012)이 피해자의 관점에서 복수를 감행하려 했다면 이 영화는 군인과 시민군 모두를 피해자로 그려 민중적 관점을 살려낸 점이 돋보인다.

영화는 광주민주화항쟁으로 희생된 영령들이 활짝 웃는데 반하여, 정작 생존자들(관객?)은 울게 만드는 여백의 힘이 있다. 죽음으로 증명할 수밖에 없었던 역사적 진실을 "우리는 폭도가 아니"라 절규하는 남자 주인공의 최후를 통해 보여준다. 이 영화의 최대 미덕은 바로 이 지점인데 희생자들이 소박한 행복을 꿈꾸는 나의 형이자 아버지이며, 평범한 젊은 연인이었음을 생생하게 증언하는 것이다.

그들은 일제강점기 때 독립군처럼 결단코 목숨을 바치려는 영웅으로 출발하지 않는다. 단지 합법적 시위를 하였거나, 할 가능성이 있다는 이유만으로 시민과 대학생(누군가의 동생이고 아들이었던)에게 곤봉과 총을 들이미는 무자비한 폭력을 자행한 공수부대원과 맞서야 했을 뿐이다. 이들은 민주화 의식으로 무장한 운동권 대학생과 달리 하루 벌어 하루 먹고살기 바쁜 일상의 소시민이자 평범한 사람이었다. 이들이 영문도 모른 채 감당해야 했던 상황은 말 그대로 지옥이었다.

트럭에 잡혀가던 민우(김상경 분)가 목숨 걸고 탈출을 감행하다 막다른 골목에서 만난 노모는 또 다른 희생자 가족이다. 기다리던 자식이 온 것처럼 반갑게 차려준 밥상을 받고 노모의 아들 옷으로 갈아입고 집을 나서는 민우는 목숨보다 아끼던 동생을 잃고, 자신도 결국 죽음을 맞이한다. 삶과 죽음의 경계에서 중요한 건 살아남는 것만이 아님을 간접 체험하는 카타르시스는 그 자체만으로도 숭고했다. 하지만 아비규환의 광주 피바다 지옥에서 만들어낸 희망은 서로에 대한 믿음뿐이었을 것이다. 역사에 대한 믿음은 남은 자들의 책무일 것이고.

1980년 5월 18일 '대한민국 광주'라는 공간에 있었던 자들의 극단적 행위에는 폭력을 행하는 자와 당하는 자의 특별 공간 체험으로 가해자와 피해자만 존재하는 건 아니다. 오병이어五餠二魚의 기적처럼 위기를 극복하는 지혜를 통한 공동체의 확장으로 광주를 살려낸 것이다. 주먹밥을 나누고, 환자를 수송하고, 치료를 위해 발 벗고, 수혈에 동참하는가 하면 주유소에서 휘발유를 무상 공급하는 자치 행동이 일사불란하게 진행된다. 그래서 이름 모를 시민 모두가 역사의 주인공이다.

영화의 마지막 장면에서 클로즈업되는 평범한 결혼식 사진 속 인물의 표정은 웃는 얼굴과 웃지 못하는 얼굴로 구분된다. 누가 진정으로 역사를 산 자이고, 누가 죽은 자인가? 무엇이 산 것이고 무엇이 죽음인가.

〈화려한 휴가〉의 주연들은 한부모가족의 일원이거나 소년가장, 시각장애인 엄마와 아들처럼 어려운 환경을 부각시켰다. 결핍된 사람들이 서로를 채워주는 인간미를 강조하고 싶었던 것이 아닐까. 올여름 천만 관객을 모은 〈택시운전사〉의 김사복도 딸과 사는 한부모가족의 가장인 점은 동일하다. 가족의 소중함을 극대화하기 위한 결핍성 연출일 것이다.

줄거리 위주로 보면 〈화려한 휴가〉는 5·18광주민주화항쟁에 대한 역사교과서에 가깝고 〈택시운전사〉는 5·18 사건을 알린 외신 기자의 모험담의 기록으로 폄하시킬 우려가 있다. 〈화려한 휴가〉와 중복되는 내용을 최소화하기 위함이었겠지만 〈택시운전사〉에는 광주민주화항쟁에 대한 역사의식을 의도적으로 뺐기 때문이다.

"군인들이 왜 광주 사람들을 죽이는지 모르겠어요."

대학가요제에 출연하지 못한 채 운명을 달리한 광주의 대학생이 한 말이다. 그도 계엄군의 총을 맞고 죽었다. 〈택시운전사〉에서 친절하게 설명하지 않았던 5·18광주민주화항쟁의 진상을 〈화려한 휴가〉에서는 '전 장군'을 통해 만날 수 있을 것이다. 그날의 진실규명은 아직도 베일에 가려 있지만, 역사의 도도한 흐름은 멈추지 않는다. 그리고 책임자를 처벌할 수 있는 힘이 영화에도 있음을 믿고 싶은 것이다.

영화는 여행이다

박명순 영화에세이

초판 1쇄 발행 · 2018년 11월 30일
초판 2쇄 발행 · 2023년 1월 18일

지은이 · 박명순
펴낸이 · 황규관

펴낸곳 · 도서출판 삶창
출판등록 · 2010년 11월 30일 제2010-000168호
주소 · 04149 서울시 마포구 대흥로 84-6, 302호
전화 · 02-848-3097
팩스 · 02-848-3094
홈페이지 · www.samchang.or.kr

ISBN 978-89-6655-105-7   03810